RANSOM RIGGS (Maryland, 1979) es director y guionista de cine. *El hogar de Miss Peregrine para niños peculiares* fue su primera novela. Con la serie de Miss Peregrine ha cosechado un gran éxito de crítica y público, figurando en la lista de los más vendidos de *The New York Times.*

EX LIBRIS

El papel utilizado para la impresión de este libro ha sido fabricado a partir de madera procedente de bosques y plantaciones gestionadas con los más altos estándares ambientales, garantizando una explotación de los recursos sostenible con el medio ambiente y beneficiosa para las personas.

Cuentos extraños para niños peculiares

Título original: *Tales of the Peculiar*

Primera edición en B de Bolsillo en México: mayo, 2025

D. R © 2016, de la presente edición en castellano para todo el mundo:
Penguin Random House Grupo Editorial, S.A.U.
Travessera de Gràcia, 47-49, 08021, Barcelona

D. R. © 2025, derechos de edición mundiales en lengua castellana:
Penguin Random House Grupo Editorial, S. A. de C. V.
Blvd. Miguel de Cervantes Saavedra núm. 301, 1er piso,
colonia Granada, alcaldía Miguel Hidalgo, C. P. 11520,
Ciudad de México

penguinlibros.com

D. R. © 2016, Victoria Simó, por la traducción
D. R. © 2016, Andrew Davidson, por las ilustraciones
Edición de Julie Strauss-Gabel
Dirección creativa de Deborah Kaplan
Diseño de Lindsey Andrews
D. R. © Imágenes adicionales de Shutterstock

Penguin Random House Grupo Editorial apoya la protección del *copyright*.
El *copyright* estimula la creatividad, defiende la diversidad en el ámbito de las ideas y el conocimiento, promueve la libre expresión y favorece una cultura viva. Gracias por comprar una edición autorizada de este libro y por respetar las leyes del Derecho de Autor y *copyright*. Al hacerlo está respaldando a los autores y permitiendo que PRHGE continúe publicando libros para todos los lectores.

Queda prohibido bajo las sanciones establecidas por las leyes escanear, reproducir total o parcialmente esta obra por cualquier medio o procedimiento, incluyendo utilizarla para efectos de entrenar inteligencia artificial generativa o de otro tipo, así como la distribución de ejemplares mediante alquiler o préstamo público sin previa autorización.
Si necesita fotocopiar o escanear algún fragmento de esta obra diríjase a CeMPro
(Centro Mexicano de Protección y Fomento de los Derechos de Autor, https://cempro.org.mx).

ISBN: 978-607-385-638-6

Impreso en México – *Printed in Mexico*

Cuentos extraños para niños peculiares

Millard Nullings

Ilustraciones de Andrew Davidson

Traducción de Victoria Simó

Cuentos extraños para niños peculiares

Editado y anotado por Millard Nullings

Ilustrado por Andrew Davidson

© 2016, Publicaciones Syndrigast

Impreso en la tienda de un nómada, en el desierto del Lop, también conocido
como la Gran Depresión del Lop, que discurre en dirección este a lo largo de la falda
del Kuruk-Tagh hasta la antiguamente postrera Cuenca de Tarim de la región
autónoma de Xinjiang Uyghur, hoy una extensión prácticamente horizontal .
Trabajosamente encuadernado en unas instalaciones subterráneas, a cuya entrada,
sita entre las calles Fish Street Hill y Pudding Lane de Londres,
no deberías ni acercarte por tu propia seguridad.

Concienzudamente corregido por las dos cabezas y los cinco ojos
de Patricia Panopticot.

Caesar non supra grammaticos.

Por favor, no reproduzcas, robes ni dobles las esquinas de las páginas de este libro.
También te rogamos que no uses este volumen como posavasos o tope de puerta.
Y te aconsejamos que no leas el tercer cuento de esta compilación en voz alta
a la inversa. El editor no se responsabiliza de lo que pueda ocurrir.

A Alma LeFay Peregrine, que me enseñó a amar los cuentos

M. N.

Homo sum: humani nihil a me alienum puto.

TERENCIO

Índice

Prólogo • 15
Los caníbales generosos • 21
La princesa que tenía la lengua bífida • 43
La primera ymbryne • 59
La chica que quería ser amiga de un fantasma • 89
Cocobolo • 105
Las palomas de la catedral • 133
La encantadora de pesadillas • 143
La langosta • 169
El niño que separaba las aguas • 189
El cuento de Cuthbert • 213

Querido lector:

El libro que tienes en las manos sólo debería ser leído por ojos peculiares. Si por casualidad no te cuentas entre las filas de los seres extraordinarios (en otras palabras, si no te despiertas en mitad de la noche flotando a medio metro del colchón porque has olvidado amarrarte a la cama, si no te brotan llamas de las manos en los momentos más inoportunos ni masticas los alimentos con tu boca posterior) te ruego que devuelvas el volumen de inmediato al lugar donde lo encontraste y olvides que esto ha sucedido. No te preocupes; no te vas a perder de nada. Tengo el convencimiento de que los relatos que albergan estas páginas te resultarán extraños, inquietantes y en absoluto de tu agrado. Y, en cualquier caso, no te conciernen.

Muy peculiarmente tuyo,

El editor

Prólogo

SI ERES PROPENSO A LA PECULIARIDAD (y si has llegado hasta aquí, confío sinceramente en que así sea) es probable que este libro no precise introducción. En ese caso, estos cuentos habrán formado una parte relevante y valiosa de tu educación, y creciste escuchándolos y leyéndolos en voz alta con tanta frecuencia que sabes recitar de memoria tus partes favoritas. Si, al contrario, te cuentas entre los desafortunados que acaban de descubrir su propia peculiaridad, o que crecieron en un ambiente privado de literatura peculiar, he aquí un pequeño preámbulo.

CUENTOS EXTRAÑOS PARA NIÑOS PECULIARES es una recopilación de relatos de nuestro folclore más preciado. Transmitidos de generación en generación desde tiempos inmemoriales, estos cuentos son en parte historia, en parte cuento de hadas y en parte fábula moral dirigida a jóvenes peculiares. Proceden de diversas partes del planeta, de tradiciones tanto orales como escritas, y han sufrido sorprendentes transformaciones con el transcurso de los años. Si han sobrevivido tanto tiempo, ha sido gracias a sus virtudes en tanto que relatos, pero también a algo más. Son portadores de un conocimiento ignoto. Encriptados en el interior de estas páginas se encuentran los emplazamientos de bucles temporales secretos, las identidades ocultas de ciertos peculiares importantes y otras informaciones que podrían ayudar a un peculiar a sobrevivir en un mundo hostil. Si lo sabré yo: de no haber sido por estos cuentos, yo no habría vivido para escribir estas palabras. No sólo salvaron mi vida, sino también la de mis amigos y de nuestra amada ymbryne. Yo, Millard Nullings, soy el testimonio vivo de la perpetua utilidad de estos relatos, aunque fueron escritos hace muchísimos años.

De ahí que haya dedicado mi vida a su conservación y propagación, y me haya encargado en persona de editar y anotar esta edición especial de los *Cuentos*. No es en absoluto completa ni exhaustiva; la edición que yo leía en mi infancia era una engorrosa trilogía que pesaba, en total, más que mi amigo Bronwyn, pero las historias aquí contenidas son mis favoritas, y me he tomado la libertad de añadir comentarios de índole histórica y contextual para que los peculiares de todo el mundo se beneficien de mi sabiduría. También albergo la esperanza de que esta edición, más manejable que las anteriores, devenga una cómoda compañera de viajes y aventuras, y te resulte tan útil como lo fue para mí en su día.

Te invito, pues, a disfrutar de estos *Cuentos* —delante de un buen fuego, en una noche de invierno, idealmente, con un grimoso roncando a tus pies—, pero recuerda también su naturaleza extraña, y si los lees en voz alta (cosa que recomiendo encarecidamente), asegúrate de que tu audiencia sea peculiar.

Millard Nullings

Sr. D. Millard Nullings, Dr. Ed., Mtr. Q.

CUENTOS EXTRAÑOS PARA NIÑOS PECULIARES

Los caníbales generosos

—•—

os peculiares de Swampmuck vivían con suma modestia. Subsistían de lo que les daba la tierra y, si bien carecían de lujos y habitaban endebles casas fabricadas con juncos, disfrutaban de buena salud, eran alegres y se conformaban con poco. El alimento abundaba en sus jardines, el agua clara corría por sus arroyos e incluso consideraban sus humildes hogares un lujo, porque en Swampmuck hacía tan buen tiempo y sus pobladores amaban tanto su trabajo que a menudo se tumbaban a dormir en sus ciénagas después de una larga jornada cultivando el lodo.

Su momento favorito del año era la época de la cosecha. Trabajando de sol a sol, reunían los más selectos hierbajos que hubieran crecido en la marisma a lo largo de la estación, los cargaban en carros tirados por burros y transportaban la recolecta al mercado de Galgo Azul, a cinco días de allí, para vender lo que pudieran. Se trataba de un trabajo engorroso. Las hierbas del pantano eran muy ásperas y les lastimaban las manos. Los burros eran malhumorados y no escatimaban mordiscos. La carretera al mercado estaba sembrada de baches y atestada de bandidos. A menudo se producían lamentables accidentes, como aquel día en que el granjero Pullman, en pleno furor cosechador, le cortó la pierna a su vecino. El susodicho, el granjero Hayworth, se disgustó tanto como cabría esperar, pero los vecinos de Swampmuck eran personas tan agradables que el asunto pronto quedó olvidado. No ganaban mucho dinero en el mercado, pero les bastaba para comprar artículos de primera necesidad además de algunas raciones de pierna de cabra, y con ese manjar especial en el centro de la mesa celebraban un festival bullicioso que duraba varios días.

Aquel año, recién concluido el festival, cuando los aldeanos estaban a punto de regresar a sus tareas en el pantano, llegaron tres visitantes. Swampmuck apenas recibía visitas, pues no poseía nada digno de visitar, y desde luego jamás había recibido a visitantes como aquéllos: dos caballeros y una dama vestidos de la cabeza a los pies con exquisita seda brocada montando a tres magníficos purasangres árabes. Y si bien saltaba a la vista que los visitantes nadaban en la abundancia, estaban demacrados y se balanceaban con debilidad sobre sus enjoyadas monturas.

Maravillados por sus hermosos caballos y ropajes, los vecinos se apiñaron en torno a ellos, muertos de curiosidad.

—¡No se acerquen demasiado! —advirtió la granjera Sally—. A juzgar por su aspecto, podrían estar enfermos.

LOS CANÍBALES GENEROSOS

—Vamos de viaje a la costa de Serena[1] —explicó uno de los visitantes, el único que, por lo que parecía, tenía fuerzas para hablar—. Hace unas semanas nos abordaron unos bandidos y, si bien conseguimos escapar, ya no supimos encontrar el camino. Llevamos cabalgando en círculo desde entonces, buscando la vieja carretera Romana.

—La carretera Romana se encuentra a un buen trecho de aquí —informó la granjera Sally.

—Igual que la costa de Serena —añadió el granjero Pullman.

—¿A qué distancia? —preguntó el visitante.

—A seis días a caballo —respondió la granjera Sally.

—No lo conseguiremos —suspiró el hombre con expresión sombría.

En ese instante, la dama de la túnica de seda se desplomó en la silla y cayó del caballo.

Los vecinos, conmovidos a pesar de sus temores al contagio, llevaron a la postrada dama y a sus compañeros a la casa más cercana. Les ofrecieron agua y los acomodaron en colchones de paja, y un montón de campesinos los rodearon para ofrecerles ayuda.

—¡Apártense! —ordenó el granjero Pullman—. Están agotados. ¡Necesitan descansar!

—No, necesitan un médico —dijo la granjera Sally.

---

[1] Históricamente, una zona de exilio situada en alguna parte del actual Cornualles.

—No estamos enfermos —informó el visitante—. Tenemos hambre. Agotamos nuestras provisiones hace una semana y no hemos probado bocado desde entonces.

La granjera Sally se preguntó por qué unas personas tan ricas no habían comprado alimentos a algún otro viajero por el camino, pero era demasiado educada para preguntar. En cambio, ordenó a unos cuantos chicos del pueblo que fueran a buscar sopa de hierbajos, pan de mijo y las piernas de cabra que habían sobrado del festival; pero los visitantes rechazaron la comida.

—No pretendo ser descortés —declaró el hombre—, pero no podemos comer eso.

—Lamentamos no poder ofrecerles nada más que este humilde festín —se disculpó la granjera Sally—. Imagino que estarán acostumbrados a banquetes dignos de un rey, pero es todo lo que tenemos.

—No, no es eso —repuso el hombre—. Cereales, verdura, carne animal...; nuestros cuerpos sencillamente no digieren esos alimentos. Y si nos obligamos a comerlos, sólo nos harán más débiles.

Los aldeanos no entendían nada de nada.

—Si no pueden comer cereales ni verduras ni animales —preguntó el granjero Pullman—, ¿qué pueden comer?

—Personas —aclaró él.

Todos en la casa pequeña retrocedieron un paso.

—Nos está diciendo que son ustedes... ¿caníbales? —dijo el granjero Hayworth.

LOS CANÍBALES GENEROSOS

—Por naturaleza, no por elección —respondió el hombre—. Pero sí.

Tranquilizó a los temerosos lugareños alegando que tanto ellos como sus paisanos eran caníbales civilizados y que jamás mataban a personas inocentes. Ellos y otros como ellos firmaron un pacto con el rey en el que se comprometían a no secuestrar ni matar a nadie contra su voluntad; a cambio les dejarían comprar, a precios desorbitados, los miembros amputados por accidente y los cuerpos de criminales ahorcados. Unos y otros conformaban la totalidad de su dieta. Ahora iban de camino a la costa de Serena porque era esa zona, de toda Inglaterra, la que ostentaba la tasa más alta tanto de accidentes como de ahorcamientos. De ahí que la comida fuera relativamente abundante, aunque no exactamente copiosa.

Si bien los caníbales nadaban en la abundancia en aquellos tiempos, casi siempre pasaban hambre; su absoluto respeto a la ley los había condenado a vivir en perpetua desnutrición, eternamente atormentados por un apetito que rara vez podían saciar. Y, por lo que parecía, los caníbales que acababan de llegar a Swampmuck, muertos de hambre y a varios días de Serena, estaban condenados a morir.

Los aldeanos de otras comarcas, peculiares o no, al conocer la historia se habrían encogido de hombros y los habrían abandonado a su suerte. Pero los lodosinos eran personas compasivas a más no poder, así que nadie se sorprendió cuando el granjero Hayworth dio un paso adelante y, renqueando sobre sus muletas, propuso:

—Resulta que, hace unos días, perdí la pierna en un accidente. La tiré al pantano, pero estoy seguro de poder encontrarla, si las anguilas todavía no la han devorado.

Los ojos de los caníbales se iluminaron.

—¿Sería tan amable? —preguntó la mujer caníbal a la vez que se retiraba la melena de una esquelética mejilla.

—Reconozco que es un poco extraño —dijo Hayworth—, pero no los vamos a dejar morir sin más.

Sus vecinos asintieron. Hayworth cojeó hasta el pantano, encontró su pierna, ahuyentó a las anguilas que la estaban mordisqueando y se la sirvió a los caníbales en una fuente.

Uno de los hombres caníbales le tendió a Hayworth un saquito rebosante de dinero.

—¿Y esto qué es? —preguntó el granjero.

—El pago por la comida —repuso el caníbal—. La misma cantidad que nos cobra el rey.

—No puedo aceptarlo —rehusó Hayworth, pero cuando intentó devolver la bolsa, el caníbal se llevó las manos a la espalda y sonrió.

—Es lo justo —dijo—. ¡Nos ha salvado la vida!

Los vecinos se retiraron con discreción cuando los caníbales se dispusieron a comer. El granjero Hayworth abrió el saquito, miró el interior y palideció un poco. Jamás en toda su vida había visto tanto dinero.

Los caníbales pasaron los días siguientes comiendo y recuperando las fuerzas, y cuando por fin estuvieron listos para reemprender el viaje a la costa de Serena —ahora por el camino

LOS CANÍBALES GENEROSOS

correcto—, el pueblo completo acudió a despedirlos. Cuando los caníbales vieron al granjero Hayworth, se fijaron en que ya no se ayudaba de muletas.

—¡No lo entiendo! —exclamó uno de los caníbales, estupefacto—. ¿No nos habíamos comido su pierna?

—En efecto —dijo Hayworth—. Pero los peculiares de Swampmuck recuperan las extremidades cuando las pierden.[2]

El caníbal lo miró con una expresión extraña y se dispuso a decir algo más, pero luego cambió de idea. Montó en su caballo y se alejó con los demás.

Pasaron las semanas. Los vecinos de Swampmuck retomaron su vida normal, todos menos el grajero Hayworth. Estaba como ausente y pasaba buena parte del día inclinado sobre su palo de escarbar, mirando el pantano. Pensaba en el saquito, que había escondido en un hoyo. ¿Qué iba a hacer con tanto dinero?

Sus amigos le sugerían una idea tras otra.

—Te podrías comprar un armario lleno de hermosos ropajes —propuso el granjero Bettelheim.

-----

[2] Antiguamente —en una época muy lejana conocida como *halcyon*—, los peculiares podían vivir juntos, fuera de los bucles temporales y a la vista de todo el mundo, sin temor a las persecuciones. Los peculiares de aquellos tiempos se agrupaban en función de sus habilidades, una costumbre actualmente mal vista porque fomenta el tribalismo y la hostilidad intergrupal.

CUENTOS EXTRAÑOS PARA NIÑOS PECULIARES

—¿Y para qué? —replicó el granjero Hayworth—. Me paso el día trabajando en los pantanos; se estropearían.

—Te podrías comprar una biblioteca entera de buenos libros —sugirió el granjero Hegel.

—Pero si no sé leer —respondió Hayworth—. Ni yo ni ningún habitante de Swampmuck.

El granjero Bachelard salió con la propuesta más absurda de todas.

—Deberías comprarte un elefante —dijo—, y usarlo para llevar las hierbas al mercado.

—¡Pero se comería todas las hierbas antes de que yo pudiera venderlas! —alegó Hayworth con impaciencia—. Me gustaría gastarlo en arreglar mi casa. Los juncos apenas me protegen del viento y en invierno se cuela el aire por todas partes.

—Podrías empapelar las paredes con el dinero —propuso el granjero Anderson.

—No seas idiota —opinó la granjera Sally—. ¡Sólo cómprate una casa nueva!

Y eso fue exactamente lo que hizo Hayworth: se compró una casa de madera, la primera que se había construido jamás en Swampmuck. Era pequeña pero sólida, mantenía el viento a raya e incluso poseía una puerta que se abría y se cerraba sobre sus bisagras. El granjero Hayworth estaba muy orgulloso, y su casa era la envidia de todo el pueblo.

Pocos días después, llegó otro grupo de visitantes. Eran cuatro, tres hombres y una mujer, y como vestían con exquisitez y montaban caballos árabes, los vecinos del pueblo adivinaron al instante quiénes eran: caníbales respetuosos de las leyes procedentes de la costa de Serena.[3] Estos caníbales, sin embargo, no parecían famélicos.

De nuevo los aldeanos se apiñaron a su alrededor para admirarlos. La mujer caníbal, que lucía una camisa tejida con hilo de oro, pantalones abotonados con perlas y botas adornadas con piel de zorro, dijo:

—Unos amigos nuestros pasaron por su aldea hace unas semanas y fueron tratados con gran amabilidad. Como no estamos acostumbrados a los gestos bondadosos, hemos venido a darles las gracias en persona.

Los caníbales descendieron de sus monturas e hicieron una reverencia ante los aldeanos antes de estrecharles la mano uno a uno. A los vecinos de Swampmuck les sorprendió la suavidad de su piel.

—Una cosa más antes de marcharnos —añadió la mujer caníbal—. Nos hemos enterado de que poseen ustedes una habilidad sumamente singular. ¿Es verdad que les crecen las extremidades que pierden?

Los aldeanos asintieron.

—En ese caso —prosiguió la mujer— tenemos una humilde proposición para ustedes. Las extremidades que comemos en la costa de Serena rara vez son frescas, y estamos hartos de carne

---

[3] ¿Que de dónde procedía la riqueza de los caníbales? De fabricar golosinas y juguetes.

podrida. ¿Ustedes nos venderían parte de la suya? A cambio de generosas sumas, por supuesto.

Abrió su alforja, que contenía montones de monedas y joyas.

Los aldeanos miraron el dinero con unos ojos como platos, pero no estaban del todo convencidos y se apartaron para intercambiar susurros.

—No podemos venderles nuestras extremidades —razonó el granjero Pullman—. Necesito las piernas para andar.

—Pues véndeles los brazos —propuso el granjero Bachelard.

—¡Pero necesitamos los brazos para sembrar el lodo! —objetó el granjero Hayworth.

—Si nos pagan por los brazos, ya no tendremos que plantar hierbas en el pantano —alegó el granjero Anderson—. De todos modos, la cosecha apenas si nos alcanza para vivir.

—No me parece bien vendernos así —insistió el granjero Hayworth.

—¡Para ti es fácil decirlo! —dijo el granjero Bettelheim—. ¡Tú ya tienes una casa de madera!

Al final, los aldeanos hicieron un trato con los caníbales: los diestros venderían el brazo izquierdo y los zurdos, el derecho. Y volverían a venderlos cuando les hubieran crecido de nuevo. De ese modo contarían con una fuente fija de ingresos y no tendrían que pasarse el día ensuciándose de barro ni pasar apuros cuando la cosecha fuera escasa. Todo el mundo se mostró satisfecho con el acuerdo excepto el granjero Hayworth,

Los caníbales generosos

que disfrutaba ensuciándose de barro y no quería que la aldea renunciara a su negocio tradicional por poco rentable que fuera comparado con la venta de extremidades.

Sin embargo, poco podía hacer el granjero Hayworth al respecto. Observó con impotencia cómo todos sus vecinos abandonaban la agricultura, dejaban sus ciénagas en barbecho y se cortaban los brazos. (Eran tan peculiares que no les dolía demasiado y las extremidades les crecían con relativa facilidad, como la cola de las lagartijas.) Empleaban el dinero obtenido para comprar comida en el mercado del Galgo Azul —la pierna de cabra se convirtió en un plato diario en lugar de anual— y en construir casas de madera como la del granjero Hayworth. Todo el mundo quería una puerta que girara sobre sus bisagras, claro que sí. Pero entonces el granjero Pullman se construyó una casa de dos pisos, y muy pronto todos se morían por tener casas de dos pisos. Y cuando la granjera Sally erigió una casa de dos pisos con el tejado a dos aguas, todos quisieron casas de dos pisos con tejado a dos aguas también. Cada vez que les crecían los brazos se los volvían a amputar, los vendían y empleaban el dinero en mejoras para sus viviendas. Al final, las casas eran tan grandes que apenas quedaba espacio entre un edificio y el otro, y la plaza del pueblo, antes ancha y despejada, quedó reducida a un estrecho callejón.

El granjero Bachelard fue el primero en inventar una solución. Se compraría una gran parcela de tierra en las afueras de la aldea y mandaría construir una casa nueva en el terreno, aún más grande que la actual (que poseía, por cierto, tres puertas que giraban sobre sus bisagras, dos pisos, tejado a dos aguas y porche). Esto sucedió más o menos en la misma época en que los aldeanos dejaron de responder a "granjero tal" y "granjera cual" y empezaron a referirse a sí mismos como "señor tal" y "señora cual", porque ya no eran granjeros; salvo el granjero Hayworth, que siguió cultivando en su ciénaga y se negó a vender más extremidades a los caníbales. Él insistía en que le gustaba su sencilla morada tal como era, y ni siquiera la usaba a menudo porque todavía disfrutaba durmiendo en el pantano tras una jornada de trabajo duro. Sus vecinos lo consideraban bobo y anticuado, y dejaron de ir a visitarlo.

La aldea de Swampmuck, antaño humilde, se expandió rápidamente a medida que los vecinos compraban terrenos cada vez más grandes en los que construían casas mayores y más sofisticadas. Para financiar tanto gasto, empezaron a vender a los caníbales una pierna además del brazo (la pierna del lado opuesto, para no perder el equilibrio) y aprendieron a andar con muletas. Los caníbales, cuyo apetito parecía ser tan insaciable como inagotable su riqueza, estaban encantados. Pero entonces el señor Pullman derribó su casita de madera y la reemplazó por una de ladrillos, lo que provocó un competencia entre los aldeanos, empeñados en construir el caserón de ladrillos más grande de todos. El señor Bettelheim se llevó el premio: erigió una hermosa mansión de piedra caliza color miel, el tipo de hogar que únicamente los más ricos mercaderes de Galgo Azul poseían. Se la había costeado vendiendo su brazo y sus dos piernas.

LOS CANÍBALES GENEROSOS

—¡Se ha pasado de la raya! —observó la señora Sally mientras daba cuenta de un emparedado de pierna de cabra en el nuevo y elegante restaurante del pueblo.

Sus amigas le dieron la razón.

—¿Cómo piensa disfrutar de su casa de tres pisos —observó la señora Wannamaker— si ni siquiera puede subir las escaleras?

En aquel preciso instante entró el señor Bettelheim en el restaurante... en brazos de un tipo fortachón procedente de una aldea de los alrededores.

—He contratado a un hombre para que me ayuda a subir y bajar las escaleras y me lleve allá donde quiera ir —declaró con orgullo—. ¡No necesito piernas!

Las damas se quedaron pasmadas. Pero no tardaron nada en vender las piernas a su vez, y muy pronto las casas del pueblo fueron derribadas para ser reemplazadas por gigantescas propiedades de piedra caliza.

Los caníbales, a esas alturas, habían abandonado la costa de Serena para vivir en los bosques cercanos a Swampmuck. Ya no había razón para subsistir de una dieta frugal a base de criminales ahorcados y extremidades amputadas accidentalmente, siendo la carne de los aldeanos más fresca, más sabrosa y mucho más abundante que nada de lo que pudiera ofrecerles Serena. Sus casitas del bosque eran modestas, por cuanto les pagaban sumas enormes a los aldeanos, pero los caníbales se daban por satisfechos; preferían mil veces vivir en cabañas con la barriga llena que pasar hambre en mansiones.

Cuentos extraños para niños peculiares

Cuanto más dependían mutuamente los aldeanos y los caníbales, más crecían sus respectivos apetitos. Los caníbales engordaron. Habiendo saboreado una y mil veces todas las recetas de brazos y piernas que poseían, empezaron a preguntarse a qué sabrían las orejas de los vecinos de Swampmuck. Sin embargo, los aldeanos no querían vender sus orejas, porque éstas no volvían a crecer. Hasta que el señor Bachelard, en brazos de su fornido criado, visitó en secreto a los caníbales del bosque y les preguntó cuánto estarían dispuestos a pagar. La ausencia de las orejas no le impediría oír bien, razonó, y por más feo que quedara, la lujosa mansión de mármol blanco que planeaba construir con las ganancias sería lo suficientemente bella para compensar. (Ahora mismo, aquellos de ustedes que tengan buen ojo para las finanzas se estarán preguntando: ¿y por qué el señor Bachelard no se limitó a ahorrar el dinero que le proporcionaba la venta regular de brazos y piernas hasta poder permitirse una casa de mármol? Pues porque no podía ahorrar nada, porque había pedido al banco un crédito descomunal para comprar el terreno en el que se erguía su casa de piedra caliza, y ahora le tocaba pagar un brazo y una pierna mensualmente en concepto de intereses. De ahí que se viera obligado a vender las orejas.)

Los caníbales le ofrecieron al señor Bachelard una suma exorbitante. El hombre se cortó las orejas encantado y reemplazó su casa de piedra caliza por el hogar de mármol de sus sueños. Era la mansión más hermosa del pueblo y quizá de toda la comarca de Groxford. Y si bien los vecinos de Swampmuck murmuraban a sus espaldas que estaba horroroso y que era de locos vender unas orejas que no volverían a crecer, igualmente lo visitaban y pedían a sus criados que los transportaran por los salones de mármol, que los subieran y bajaran por las hermosas escaleras, y todos y cada uno abandonaban la mansión verdes de envidia.

A esas alturas, ninguno de los aldeanos, con la excepción del granjero Hayworth, tenía piernas y sólo unos cuantos conservaban los brazos. Durante un tiempo, insistieron en conservar un brazo para señalar y comer, pero pronto comprendieron que un criado te podía acercar una cuchara o un vaso a la boca igual de bien y que era tan fácil decir "acércame esto" o "tráeme lo de más allá" como señalar algo que está al otro lado de la habitación. Así pues, los brazos se convirtieron en un lujo innecesario y los aldeanos, reducidos a troncos, viajaban de un lado a otro a espaldas de sus criados en mochilas de seda.

Las orejas sufrieron la misma suerte que los brazos. Los aldeanos fingían no haber criticado jamás el aspecto del señor Bachelard.

—No está tan feo —opinó el señor Bettelheim.

—Nosotros podríamos usar orejeras —sugirió el señor Anderson.

Así pues, sus orejas fueron cortadas y vendidas, y mansiones de mármol fueron construidas. Swampmuck se hizo famosa por su belleza arquitectónica y lo que antes fuera una aldea perdida en mitad de la nada que nunca nadie visitaba como no fuera por error se convirtió en un importante destino turístico.

Construyeron un hotel y varios restaurantes más. Los menús ni siquiera incluían ya el emparedado de pierna de cabra. Los vecinos de Swampmuck fingían no saber siquiera qué clase de emparedado era ése.

De vez en cuando, los turistas se paraban a curiosear en la modesta cabaña del granjero Hayworth, con sus paredes de madera y su tejado plano, extrañados del contraste que ofrecía aquel hogar tan humilde con los palacios de alrededor. Él explicaba que prefería la vida sencilla del campo, dedicado a sus hierbas con los cuatro miembros intactos, y les mostraba su parcela de pantano. No quedaban más ciénagas en Swampmuck que la suya, porque rellenaron de tierra todas las demás para seguir construyendo casas.

Las miradas del país entero estaban puestas en Swampmuck y sus hermosas mansiones de mármol. A los propietarios de éstas les encantaba ser el centro de atención, pero estaban desesperados por destacar de algún modo, porque las casas del pueblo eran prácticamente idénticas. Todos y cada uno deseaban saltar a la fama como el propietario del palacio más bello de Swampmuck, pero empleaban sus brazos y piernas en pagar los intereses de sus descomunales hipotecas y ya habían vendido las orejas.

Empezaron a abordar a los caníbales con nuevas ideas.

—¿Me concederían un préstamo con mi nariz como aval? —preguntó la señora Sally.

—No —respondieron los caníbales—, pero te compraríamos la nariz encantados.

—¡Pero si me corto la nariz tendré un aspecto monstruoso! —objetó ella.

—Te podrías tapar la cara con un pañuelo —propusieron.

La señora Sally rehusó, y desde la mochila de seda le ordenó a su criado que la llevara a casa.

A continuación acudió el señor Bettelheim.

—¿Les interesaría comprar a mi sobrino? —susurró mientras su criado propinaba un empujón a un chico de ocho años para que los caníbales lo vieran bien.

—¡Pues claro que no! —replicaron éstos, y le obsequiaron al niño aterrorizado una golosina antes de enviarlo a su casa.

La señora Sally regresó pocos días después.

—Está bien —accedió con un suspiro—. Les vendo mi nariz.

La había reemplazado por una postiza fabricada en oro y, con el dinero obtenido, construyó una enorme cúpula dorada sobre su palacio de mármol.

Seguro que ya has adivinado lo que sucedió a continuación. El pueblo entero vendió la nariz y mandó construir cúpulas doradas, torreones y torres en sus mansiones. Luego vendieron los ojos —sólo uno por cabeza— y emplearon las ganancias en construir fosos alrededor de sus casas, que llenaron de vino y de peces tan exóticos como borrachos. Alegaron que la visión binocular era un lujo en cualquier caso, necesaria para lanzar y atrapar cosas, algo que, careciendo de brazos, ya no podían hacer. Y un sólo ojo les bastaba para apreciar la belleza de sus hogares.

Ahora bien, puede que los caníbales fueran civilizados y respetasen la ley, pero tampoco eran unos santos. Vivían en chozas del bosque y cocinaban en fogones de campamento, mientras que los aldeanos habitaban mansiones y palacios atendidos por criados. Así que los caníbales se mudaron a las casas de los aldeanos. Había tantas habitaciones en los inmensos palacios que los vecinos de Swampmuck tardaron un tiempo en darse cuenta pero, cuando por fin se percataron, se enfadaron.

—¡Nunca dijimos que pudieran vivir con nosotros! —protestaron—. ¡Son repugnantes caníbales que se alimentan de carne humana! ¡Vuelvan al bosque!

—Si no nos dejan vivir en sus casas —replicaron los caníbales—, dejaremos de comprarles carne y regresaremos a Serena. Si lo hacemos, no podrán pagar los créditos y lo perderán todo.

Los aldeanos no sabían qué hacer. No querían compartir sus hogares con los caníbales, pero les horrorizaba la idea de volver a vivir como antes. De hecho, vivirían aún peor que antes: no sólo serían mendigos, estarían desfigurados y tuertos, sino que ya no tendrían ciénagas que cultivar porque las habían rellenado todas. La idea les resultaba inconcebible.

A regañadientes, accedieron a que los caníbales se quedaran. Éstos se repartieron en las casas del pueblo (excepto en la del granjero Hayworth; nadie quería vivir en su vulgar cabaña de madera). Se apoderaron de las habitaciones de matrimonio y de los dormitorios más grandes, y obligaron a los aldeanos a ocupar sus propios cuartos de invitados, ¡algunos de los cuales ni siquiera tenían baño privado! El señor Bachelard fue forzado a

LOS CANÍBALES GENEROSOS

trasladarse al gallinero. El señor Anderson se mudó al sótano. (Era un sótano muy bonito, pero de todos modos.)

Los aldeanos se quejaban sin parar del nuevo arreglo. (Al fin y al cabo, aún conservaban la lengua.)

—¡Los tufos de su carne asada me dan ganas de vomitar! —protestó la señora Sally a sus caníbales.

—¡Los turistas no paran de preguntar quiénes son y me muero de vergüenza! —les gritó el señor Pullman a los suyos, irrumpiendo en el estudio donde leían tranquilamente.

—Si no se marchan, le diré a la policía que han secuestrado niños para rellenar las quiches que cocinan —amenazó el señor Bettelheim.

—Las quiches no se cocinan, se *hornean* —lo corrigió su caníbal, un español muy culto llamado Héctor.

—¡Me da igual! —vociferó el señor Bettelheim, rojo de rabia.

Al cabo de varias semanas así, Héctor decidió que no podía soportarlo más. Le ofreció al señor Bettelheim hasta el último céntimo de su fortuna a cambio de la lengua.

El señor Bettelheim no rechazó la idea sin pensarlo dos veces. Sopesó cuidadosamente los pros y los contras. Sin lengua, no podría quejarse ni amenazar a Héctor. Por otro lado, con el dinero que el caníbal le había prometido podría construir una segunda vivienda en su propiedad y mudarse allí, lejos del caníbal, y en ese caso ya no tendría motivo de queja. ¿Y quién más poseería no uno sino dos palacios de mármol coronados por sendas cúpulas doradas?

Ahora bien, si el señor Bettelheim le hubiera pedido consejo al granjero Hayworth, su viejo amigo le habría dicho que no aceptase la oferta del caníbal. "Si los humos de Héctor te molestan, vente a vivir conmigo", le habría dicho Hayworth, "En mi casa hay sitio de sobra". Sin embargo, el señor Bettelheim le había retirado el saludo al granjero Hayworth, al igual que el resto del pueblo, así que no preguntó; y aunque lo hubiera hecho, el granjero Bettelheim era tan orgulloso que prefería vivir sin lengua que en la triste cabaña de Hayworth.

Así que Bettelheim fue en busca de Héctor y le dijo:

—Está bien.

El caníbal sacó el cuchillo de trinchar que siempre llevaba colgado del cinturón.

—¿Sí?

—Sí —confirmó Bettelheim, y sacó la lengua.

Héctor formalizó el trato. Rellenó la boca de Bettelheim con algodón para detener el sangrado. Llevó la lengua a la cocina, la frio en aceite de trufa con un pellizco de sal y se la comió. Luego tomó todo el dinero que le había prometido a Bettelheim, se lo entregó a los criados y los despidió. Sin extremidades, sin lengua y muy enfadado, Bettelheim gruñía y se retorcía en el suelo. Héctor lo recogió, lo trasladó al exterior y lo ató a una estaca en una zona sombreada del jardín trasero. Le proporcionaba agua y comida dos veces al día, y como si fuera una vid, Bettelheim daba brazos y piernas para que Héctor se los comiera. El caníbal sentía una pizca de lástima por Bettelheim, pero no demasiada. Al cabo de un tiempo se casó con una buena chica

LOS CANÍBALES GENEROSOS

caníbal y juntos crearon una familia caníbal, que se alimentaba del peculiar del jardín trasero.

Ése fue el destino de los vecinos de Swampmuck, de todos menos del granjero Hayworth, que conservó sus extremidades, vivió en su casita y cultivó hierbas como llevaba haciendo toda la vida. No molestó a sus nuevos vecinos, y tampoco éstos lo molestaron a él. Hayworth tenía lo que necesitaba, y ellos también.

Y vivieron felices por siempre jamás.

La princesa que tenía la lengua bífida

n el antiguo reino de Frankenburgo vivía una princesa que guardaba un secreto muy peculiar: su boca escondía una larga lengua bífida y tenía una fila de brillantes escamas en forma de diamantes a lo largo de la espalda. Como había adquirido aquellas serpentinas características durante la adolescencia y rara vez abría la boca por miedo a que la descubrieran, se las había ingeniado para ocultárselas a todo el mundo excepto a su doncella. Ni siquiera su padre, el rey, lo sabía.

Era una vida solitaria para la princesa, raramente hablaba con alguien porque no quería que nadie atisbara su bífida lengua en un descuido. Pero su problema más acuciante era éste: estaba a punto de casarse con un príncipe de Galatia.[1] Nunca se

---

[1] Los nombres de los países son inventados, aunque en algunas versiones regionales del cuento se emplean nombres reales. En una versión, Frankenburgo corresponde a España; en otra, Galatia es Persia. El resto de los detalles, en cualquier caso, coincide en todos los relatos.

habían visto, pero la belleza de la princesa había alcanzado tal fama que el joven de todas maneras había accedido al enlace. Se conocerían el día de la boda, que se acercaba a marchas forzadas. La unión fortalecería las relaciones entre Frankenburgo y Galatia, garantizaría prosperidad a ambas regiones y sentaría las bases de un pacto defensivo contra su odiado enemigo común, el belicoso principado de Frisia. La princesa sabía que el matrimonio era necesario desde un punto de vista político, pero temía que el príncipe la rechazara cuando descubriera su secreto.

—No se preocupe —le aconsejó su doncella—. Verá su precioso rostro, conocerá su hermoso corazón y pasará por alto todo lo demás.

—¿Y si no es así? —objetó la princesa—. Nuestra mayor esperanza para lograr la paz se irá al traste y yo seré una solterona el resto de mi vida.

El reino se preparaba para la boda real. Adornos de sedas doradas engalanaban el palacio y afamados cocineros acudieron de muy lejos para preparar un suculento banquete. Por fin llegó el príncipe, acompañado de su séquito real. Descendió del carruaje y saludó al rey con afecto.

—¿Y dónde está mi futura esposa? —preguntó.

Lo condujeron a la sala de recepción en donde la princesa lo estaba esperando.

—¡Princesa! —exclamó el príncipe—. Es aún más encantadora de lo que su reputación me hizo creer.

La princesa sonrió e hizo una reverencia, pero no dijo ni pío.

—¿Qué pasa? —se extrañó el príncipe—. ¿Acaso me encuentra tan apuesto que se ha quedado muda de la impresión?

La princesa se ruborizó y negó con la cabeza.

—Ah —replicó el príncipe—. Entonces, usted *no* me encuentra atractivo, ¿es eso?

Alarmada, la princesa se apresuró a sacudir la cabeza otra vez —¡no pretendía decir eso, para nada! — pero comprendió que con tanto gesto no hacía sino empeorar las cosas.

—¡Di algo, niña! ¿Te ha comido la lengua el gato? —cuchicheó el rey.

—Le ruego me disculpe, señor —intervino la criada—, pero quizá la princesa se sentiría más cómoda si pudiera intercambiar sus primeras palabras con el príncipe en privado.

La princesa asintió agradecida.

—No me parece apropiado —gruñó el rey—, pero supongo que, dadas las circunstancias...

Los guardias acompañaron al príncipe y a la princesa a otra sala, para que pudieran charlar a solas.

—¿Y bien? —preguntó el príncipe cuando los guardias se retiraron—. ¿Qué opinas de mí?

Tapándose la boca con la mano, la princesa respondió:

—Opino que eres muy guapo.

—¿Por qué te tapas la boca para hablar? —quiso saber el príncipe.

—Por costumbre —repuso la princesa—. Perdona. Supongo que te parece extraño.

CUENTOS EXTRAÑOS PARA NIÑOS PECULIARES

—Toda tú eres extraña. Pero me acostumbraré, teniendo en cuenta tu belleza.

El corazón de la princesa echó a volar, pero al momento se estrelló contra el suelo. Sólo era cuestión de tiempo que el príncipe descubriera su secreto. Y si bien podía esperar hasta que estuvieran casados para revelárselo, sabía que no estaba bien engañarlo.

—Tengo que confesarte una cosa —dijo, sin destaparse la boca— y me temo que cuando la descubras, no querrás casarte conmigo.

—Caramba —replicó el príncipe—. ¿Qué es? Oh, no... somos primos, ¿verdad?

—No es eso —repuso la princesa.

—Bueno —prosiguió el príncipe, muy convencido—, en ese caso, nada en el mundo me impedirá casarme contigo.

—Espero que seas un hombre de palabra —suspiró la princesa. Retiró la mano y le mostró su lengua bífida.

—¡Cielo santo! —exclamó el príncipe al tiempo que retrocedía.

—Y eso no es todo —dijo la princesa, que se despojó de una manga del vestido para enseñarle las escamas que le recorrían la espalda.

El príncipe se quedó estupefacto al principio pero enseguida montó en cólera.

—¡Jamás me casaré con un monstruo como tú! —exclamó—. ¡No puedo creer que tu padre y tú hayan intentado engañarme!

LA PRINCESA QUE TENÍA LA LENGUA BÍFIDA

—¡Mi padre no! —se apresuró a aclarar ella—. ¡Mi padre no sabe nada!

—Bueno, pues lo sabrá —replicó el príncipe echando humo—. ¡Esto es un ultraje!

Enfurecido, el príncipe abandonó la sala para contárselo al rey; la princesa corrió tras él suplicándole que no lo hiciera.

En aquel momento, cinco asesinos frisios que habían entrado en palacio disfrazados de cocineros sacaron cinco dagas de sus pasteles y salieron corriendo de las cocinas hacia los aposentos del rey. El príncipe estaba a punto de revelar el secreto al soberano cuando los asesinos derribaron la puerta. Mientras mataban a los guardias, el gallina del rey se refugió en un armario y se escondió debajo de un montón de ropa.

Los asesinos se volvieron despacio hacia el príncipe y la princesa.

—¡No me maten! —suplicó el príncipe—. ¡Sólo soy el chico de los recados de un país cualquiera!

—Buen intento —dijo el capitán de los asesinos—. Eres el príncipe de Galatia y estás aquí para casarte con la princesa y formar una alianza contra nosotros. ¡Prepárate para morir!

El príncipe corrió hacia una ventana para abrirla por la fuerza, dejando así a la princesa a merced de los asesinos. Mientras se acercaban a ella esgrimiendo sus dagas ensangrentadas, la joven notó una extraña presión que le empujaba la lengua.

Uno tras otro, los asesinos se abalanzaron sobre ella. Uno tras otro recibieron chorros de veneno en plena cara. Y todos menos uno cayeron al suelo retorciéndose de dolor y

CUENTOS EXTRAÑOS PARA NIÑOS PECULIARES

murieron. El quinto asesino huyó del cuarto, aterrorizado, y escapó.

La princesa estaba tan sorprendida como todos. No tenía ni idea de que poseyera semejante facultad; por otro lado, nunca anteriormente la habían amenazado de muerte. El príncipe, que ya tenía medio cuerpo fuera de la ventana, regresó a la habitación y miró asombrado a los asesinos muertos y a la princesa.

—¿Ahora te casarás conmigo? —preguntó ella.

—Desde luego que no —replicó el príncipe—, pero, como muestra de gratitud, no le diré a tu padre por qué.

Echó mano de una daga caída y, corriendo de asesino en asesino, apuñaló los cadáveres.

—¿Qué estás haciendo? —se extrañó la princesa.

El rey salió del armario.

—¿Están muertos? —preguntó con voz temblorosa.

—Sí, su majestad —asintió el príncipe sosteniendo la daga—. ¡Los he matado a todos!

La princesa se quedó de piedra al oír semejante mentira, pero se mordió la lengua.

—¡Magnífico! —exclamó el rey—. Eres el héroe de Frankenburgo, hijo mío. ¡Y nada menos que a un día de tu propia boda!

—Ah..., respecto a eso... —objetó el príncipe—. Lamentablemente no habrá boda.

—¿Qué? —rugió el rey—. ¿Por qué no?

—Acabo de enterarme de que la princesa y yo somos primos —dijo el príncipe—. ¡Qué lástima!

La princesa que tenía la lengua bífida

Sin volver la vista atrás, el príncipe se largó a toda prisa y, acompañado de su séquito, partió en su carruaje.

—¡Esto es absurdo! —rugió el rey echando humo—. Si ese chico es el primo de mi hija, yo soy el tío de esta silla. ¡No permitiré que mi familia sea tratada así!

El rey estaba tan enfadado que amenazó con declararle la guerra a Galatia. La princesa no podía permitirlo, así que una noche le pidió a su padre que la recibiera en privado y le reveló el secreto que llevaba ocultando tanto tiempo. El hombre renunció a sus planes bélicos, pero se enfureció con su hija hasta tal punto y se sintió tan humillado que la encerró en el calabozo más lóbrego de las mazmorras.

—No sólo eres una mentirosa y un monstruo —dijo él, escupiendo a través de los barrotes—, ¡nunca encontrarás marido!

Pronunció esta última acusación como si fuera el mayor pecado de todos.

—Pero, padre —observó la princesa—, sigo siendo tu hija, ¿o no?

—Ya no —replicó el rey, y le dio la espalda.

La princesa era consciente de que podía usar el ácido de su veneno para derretir el cerrojo de la celda y escapar, pero optó por aguardar, con la esperanza de que su padre entrara en razón y la perdonara.[2] Sobrevivió varios meses a base de avena y pasó

---

[2] Antiguamente se vendía un líquido de acidez extrema en el mercado negro de los peculiares. Los frascos venían envueltos en piel de serpiente y el fluido que contenían podía derretir el metal. Se llamaba «Escupitajo de

largas noches temblando en la losa que hacía las veces de cama, pero su padre no acudía. Sólo su doncella la visitaba.

Cierto día llegó la doncella con noticias.

—¿Me ha perdonado mi padre? —preguntó la princesa, ilusionada.

—Me temo que no —repuso la criada—. Le ha dicho al reino que usted está muerta. Mañana se celebrará su funeral.

La princesa estaba desolada. Aquella misma noche forzó la puerta del calabozo, huyó del palacio y, acompañada de la doncella, dejó atrás el reino y su vida tal como la conocía. Viajaron de incógnito durante meses y meses, vagando de un lado a otro y trabajando de sirvientas cuando podían. La princesa se ensució la cara con tierra para que no la reconocieran y jamás abría la boca delante de nadie excepto de su doncella, quien le explicaba a todo el mundo que la chica de cara sucia con la que viajaba era muda.

Hasta que un día escucharon una historia sobre un príncipe en el remoto reino de Vestigius, cuyo cuerpo adoptaba de vez en cuando un aspecto tan peculiar que el fenómeno se consideraba un escándalo nacional.

Princesa» en honor, sin duda, a este cuento. Tras una serie de desafortunados incidentes relacionados con su uso inapropiado, las autoridades peculiares prohibieron su fabricación. Hasta nuestros días, los escasos frascos de Escupitajo de Princesa que se conservan están considerados artículos de coleccionista.

—¿Será verdad? —se preguntó la princesa—. ¿Podría ser como yo?

—Yo digo que vale la pena averiguarlo —propuso la doncella.

Así pues, emprendieron un largo viaje. Tardaron dos semanas en atravesar a caballo el Yermo Inmisericordio, y otras dos en cruzar en barco la Gran Catarataca. Cuando finalmente llegaron al reino de Vestigius, el viento y el sol les habían resecado la piel y estaban casi arruinadas.

—¡No puedo presentarme ante el príncipe con este aspecto! —se lamentó la princesa, así que gastaron el poco dinero que les quedaba en acudir a un balneario, donde las bañaron, las perfumaron y les ungieron aceites. Cuando salieron, la princesa estaba tan hermosa que todas las cabezas, tanto masculinas como femeninas, volteaban a su paso.

—Le demostraré a mi padre que soy capaz de encontrar marido —declaró la princesa—. Vayamos a conocer a ese príncipe peculiar.

Acudieron a palacio y preguntaron por él, pero la respuesta no pudo ser más deprimente.

—Lo siento —les informó un guardia—. El príncipe ha muerto.

—¿Qué pasó? —preguntó la doncella.

—Contrajo una misteriosa enfermedad y murió mientras dormía —explicó el guardia—. Todo fue muy repentino.

—Eso mismo dijo el rey de usted —le susurró la doncella a la princesa.

Aquella noche se colaron en los calabozos del palacio y allí, en la mazmorra más lúgubre y húmeda de todas, encontraron a un príncipe que tenía el cuerpo de una enorme babosa y la cabeza de un joven bastante guapo.

—¿Es el príncipe? —preguntó la doncella.

—Lo soy —respondió el repugnante ser—. Cuando me siento rechazado, mi cuerpo muda en una masa gelatinosa y temblorosa. Mi madre lo averiguó hace poco y me encerró aquí abajo. Ahora, como ven, me he convertido en babosa de la cabeza a los pies —el príncipe reptó hacia los barrotes de la celda. Su cuerpo dejaba un rastro oscuro a su paso—. Pero estoy seguro de que antes o después entrará en razón y me dejará salir.

La princesa y la doncella intercambiaron una mirada incómoda.

—Bueno, tengo una buena noticia y una mala —dijo la doncella—. La mala noticia es que su madre les dijo a todos que usted ha muerto.

El príncipe empezó a gemir y a lamentarse, y al instante le brotaron dos antenas gelatinosas de la frente. Incluso su cabeza se estaba transformando en babosa.

—¡Espera! —dijo la doncella—. ¡Falta la buena noticia!

—Ah, sí, se me olvidaba —respondió el príncipe con voz entrecortada, y las antenas dejaron de crecer—. ¿Qué es?

—Ésta es la princesa de Frankenburgo —anunció la doncella.

La princesa emergió de las sombras, y por primera vez el príncipe vio su extraordinaria belleza.

—¿Eres una princesa? —balbuceó, abriendo unos ojos como platos.

—Exactamente —asintió la doncella—. Y ha venido a rescatarte.

El príncipe estaba muy emocionado.

—No lo puedo creer —dijo él—. ¿Cómo?

Sus antenas se encogieron y la mitad superior de su tronco mostraba ya el contorno de un torso y unos brazos. En un segundo estaba recuperando su forma humana.

—¡Así! —dijo la princesa, y escupió un chorro de ácido venenoso en el cerrojo de la puerta, que siseó y humeó mientras se derretía.

El príncipe retrocedió asustado.

—¿Qué eres? —preguntó.

—¡Soy peculiar, igual que tú! —respondió ella—. Cuando mi padre descubrió mi secreto, me repudió y me encerró, como a ti. ¡Sé cómo te sientes!

Mientras la princesa hablaba, la lengua bífida le asomaba entre los labios.

—Y esa lengua... —observó el príncipe—. ¿Forma parte de... tu dolencia?

—Y esto también —asintió la princesa, que se despojó de una manga del vestido para mostrarle las escamas de la espalda.

—Ya veo —repuso él, nuevamente deprimido—. Ya me parecía que era demasiado bueno para ser verdad.

Una lágrima rodó por su mejilla y el contorno de sus brazos se desdibujó según se fundían con el torso en una masa gelatinosa.

—¿Por qué te entristeces? —se extrañó la princesa—. ¡Hacemos una pareja perfecta! Juntos les demostraremos a nuestros padres que somos dos jóvenes casaderos y no un par de despojos. ¡Uniremos nuestros reinos y algún día, quizás, ocuparemos nuestro legítimo lugar en el trono!

—¡Estás loca! —gritó el príncipe—. ¿Cómo quieres que te ame? Eres un monstruo repugnante.

La princesa se quedó muda. No podía creer lo que él había dicho.

—¡Ay, qué humillación! —lloriqueó el príncipe babosa. Las antenas le volvían a asomar de la frente, su rostro desapareció y el joven se transformó en una babosa de la cabeza a los pies, que temblequeaba y gimoteaba mientras intentaba llorar a pesar de no tener boca.

A punto de vomitar, la princesa y la doncella se dieron media vuelta y dejaron al desagradecido príncipe pudriéndose en su calabozo.

—Creo que estoy harta para siempre de los príncipes —declaró la princesa—, peculiares o no peculiares.

Cruzaron la Gran Catarataca y el Yermo Inmisericordio de regreso a Frankenburgo, que ahora estaba en guerra con Galatia y con Frisia; ambos reinos se habían unido contra el país. El padre de la princesa había sido destronado y encarcelado, y los frisios habían encomendado el gobierno de Frankenburgo a cierto duque. Cuando la situación se normalizó y el país estuvo apaciguado, el duque, que era soltero, empezó a buscar esposa. Su emisario encontró a la princesa trabajando en una posada.

—¡Eh, tú! —le gritó cuando la vio limpiando una mesa—. El duque está buscando esposa.

—Pues que le vaya bien —replicó ella—. A mí no me interesa.

—Tú opinión no cuenta —le espetó el emisario—. Acompáñame de inmediato.

—¡Pero si yo no pertenezco a la realeza! —mintió la princesa.

—Eso también da igual. El duque quiere casarse con la mujer más hermosa del reino, y bien podrías ser tú.

La pobre empezaba a considerar su belleza una especie de maldición.

Le enfundaron un hermoso vestido y la llevaron en presencia del duque. Cuando lo tuvo delante, un escalofrío recorrió el cuerpo de la princesa. El duque frisio era uno de los asesinos que habían intentado matarla; el único que había logrado escapar.

—¿Nos conocemos de algo? —preguntó el duque—. Te me haces conocida.

La princesa estaba fastidiada de esconderse y de mentir, así que dijo la verdad.

—Intentaste matarme una vez, y también a mi padre. En otro tiempo fui la princesa de Frankenburgo.

—¡Pensaba que habías muerto! —dijo el duque.

—No —ella contestó—. Ésa fue una mentira que mi padre inventó.

—Entonces no soy el único que intentó matarte —dijo él, y sonrió.

—Pues me temo que no fue así.

—Me agrada tu sinceridad —dijo el duque—, y también tu fortaleza. Eres de buena pasta, y los frisios admiramos esa cualidad. No puedo casarme contigo porque podrías asesinarme mientras duermo, pero si aceptas el cargo me gustaría que fueras mi asesora personal. Tu singular perspectiva me resultaría de gran utilidad.

La princesa aceptó encantada. Se trasladó a palacio con su doncella, ocupó un importante cargo en el gobierno del duque y nunca jamás volvió a taparse la boca para hablar, pues ya no tenía que ocultar quién era en realidad.

Transcurrido algún tiempo, visitó a su padre en las mazmorras. El hombre vestía una mugrienta arpillera y había perdido cualquier rastro de majestuosidad.

—¡Largo de aquí! —rugió el rey destronado—. Eres una traidora y no tengo nada que decirte.

—Bueno, pues yo sí tengo algo que decirte —replicó la princesa—. Aunque sigo enfadada contigo, quiero que sepas que te perdono. Ahora comprendo que tus actos no fueron los de un hombre malvado, sino los de un hombre común.

—Muy bien, gracias por el discursito —replicó el rey—. Ahora vete.

La princesa que tenía la lengua bífida

—Como gustes —accedió la princesa. Echó a andar, pero se detuvo al llegar al umbral—. Por cierto, tu ejecución en la horca está prevista para mañana.

Al oír la noticia, el rey se acurrucó y empezó a gimotear. La imagen resultaba tan patética que la princesa se compadeció de él. A pesar de todo lo que su padre le había hecho, el rencor que le inspiraba el anciano se disolvió sin más. Recurriendo a su veneno fundió el cerrojo de la puerta, sacó a su padre a hurtadillas del calabozo, lo disfrazó de mendigo y le indicó que huyera por el mismo camino que ella había tomado para escapar del reino. Él no le dio las gracias, ni siquiera se volvió a mirarla. Y cuando el rey desapareció de su vista, una felicidad loca y repentina embargó a la princesa, porque su acto de compasión los liberó a los dos.

La primera ymbryne

Nota del editor:

Si bien sabemos con seguridad que numerosos personajes de los *Cuentos* existieron realmente y habitaron esta tierra, sería aventurado afirmar la veracidad de sus historias más allá de esta certeza. A lo largo de los siglos transcurridos antes de que estos relatos se plasmaran por escrito, se propagaron por tradición oral y, en consecuencia, sufrieron abundantes cambios, por cada narradora que embellecía los cuentos como mejor le parecía. El resultado es que ahora son más leyenda que historia, y su valor —al margen de su atractivo en cuanto que hermosos relatos— radica principalmente en las lecciones morales que transmiten. La historia de la primera ymbryne de Gran Bretaña, sin embargo, es una notable excepción. Es uno de los pocos cuentos cuya autenticidad histórica se puede verificar, los hechos que describe no sólo han sido corroborados por numerosas fuentes contemporáneas, sino también por la propia ymbryne (en su famoso libro de cartas encíclicas

CUENTOS EXTRAÑOS PARA NIÑOS PECULIARES

Encuentro entre colas plumosas). De ahí que lo considere el más relevante de estos *Cuentos*, ya que constituye, a partes iguales, una parábola moral, un relato excelente y una importante crónica de la historia peculiar.

M. N.

a primera ymbryne no fue una mujer capaz de convertirse en pájaro, sino un pájaro que podía transformarse en mujer. Nació en una familia de azores, fieros cazadores que no veían con buenos ojos la costumbre de su hermana de mudar en una criatura rolliza y terrestre en el momento más inoportuno. Sus repentinos cambios de tamaño los empujaban fuera del nido y su extraño balbuceo les arruinaba las cacerías. Su padre la llamó Ymiine, que en la chillona lengua de los azores significa "la rara", y ella sintió la solitaria carga de esa peculiaridad desde que tuvo edad suficiente para mantener la cabeza erguida.

Los azores son aves orgullosas y territoriales, y nada les emociona tanto como una buena lucha sangrienta. Ymiine no era distinta en ese aspecto, y cuando su familia y una bandada de aguiluchos lagunaros se enzarzaron en una batalla por el territorio, luchó como la que más, decidida a demostrar que era un azor de la cabeza a los pies, tan valiente como sus hermanos. Las aves rivales, más grandes y fuertes, los superaban en número, pero ni siquiera cuando sus hijos empezaron a morir en las escaramuzas el padre de Ymiine admitió la derrota. Al final consiguieron ahuyentar a los aguiluchos, pero Ymiine estaba herida y todos sus hermanos menos uno habían muerto. Incapaz de comprender el sentido de aquella guerra, le preguntó a su padre por qué no se habían limitado a huir en busca de algún otro nido en el que vivir.

—El honor de la familia estaba en juego —repuso él.

—Pero nos hemos quedado sin familia —objetó Ymiine—. ¿Qué tiene eso de honorable?

—No espero que una criatura como tú lo entienda —replicó el padre, y enderezando las plumas dio un salto y salió volando en busca de alguna presa.

Ymiine no lo siguió. La caza había perdido su encanto, así como la sangre y la lucha, lo que viniendo de un azor resultaba aún más extraño que transformarse en mujer de vez en cuando. Puede que no estuviera destinada a ser un azor, pensó mientras planeaba hacia el suelo del bosque y aterrizaba sobre unas piernas humanas. Tal vez había nacido en el cuerpo equivocado.

Ymiine pasó mucho tiempo vagando de acá para allá. Deambulaba por las proximidades de asentamientos humanos, observaba a las personas desde la seguridad de los árboles. Como ya no cazaba, fue el hambre lo que le infundió el valor necesario para entrar por fin en una aldea y robar bocados de su comida —las sobras de maíz asado que les daban a los pollos, tartas puestas a enfriar en un alféizar, cazuelas de sopa sin vigilancia—, y descubrió que le gustaba. Con el fin de comunicarse con ellos, aprendió también algunas frases humanas y resultó que disfrutaba de su compañía aún más que de sus alimentos. Le encantaban sus risas, sus cantos y su manera de demostrarse afecto. Así que escogió un pueblo al azar para vivir.

Un amable anciano le permitió alojarse en su granero, y la esposa de éste enseñó a Ymiine a coser para que pudiera ganarse la vida. Todo iba de maravilla hasta que, a los pocos días de su llegada, el panadero del pueblo la vio transformarse en azor. Ymiine no se había acostumbrado a dormir en forma humana, de ahí que cada noche se transformara, volara a los árboles y se quedara dormida con la cabeza debajo del ala. Los aldeanos, estupefactos, la acusaron de brujería y la ahuyentaron con antorchas.

Decepcionada pero no derrotada, Ymiine siguió deambulando hasta que halló una segunda aldea en la cual instalarse. En esta ocasión se aseguró de que nadie atisbara su transformación, pero los vecinos desconfiaron de ella igualmente. La gente le notaba algo raro —al fin y al cabo, se había criado entre aves—, y poco después la expulsaron de aquel pueblo también. Ymiine se entristeció y se preguntó si existiría algún lugar en el mundo en el que de verdad se sintiera aceptada.

Cierta mañana, al borde de la desesperación, se tendió en un claro del bosque a mirar la salida del sol. Fue un espectáculo de tal belleza y trascendencia que por un momento olvidó sus problemas, y cuando el instante llegó a su fin, deseó con toda su alma volver a verlo una vez más. Al momento el cielo se oscureció y el alba rompió nuevamente. Ymiine comprendió de súbito que, además de la capacidad de mutar, poseía un segundo don: podía duplicar pequeños acontecimientos. Pasó varios días divirtiéndose con sus trucos, reproduciendo el grácil brinco de un ciervo o la inclinación de un fugaz rayo de sol al atardecer sólo para admirar mejor su belleza, y eso la animó muchísimo. Estaba duplicando la caída de las primeras nieves cuando una voz la sobresaltó.

—Disculpe —dijo alguien detrás de ella—. ¿Ha sido usted la que ha hecho eso?

Cuando se volvió a toda prisa, vio a un joven vestido con una breve túnica de color verde y unos zapatos fabricados con piel de pescado curtida. El atuendo era extraño, pero todavía más extraño era el hecho de que llevaba la cabeza en el pliegue del brazo y no pegada al cuello.

—Disculpe usted —respondió ella—. ¿Qué le ha pasado a su cabeza?

—¡Le pido mil perdones! —exclamó él, que reaccionó como si llevara la bragueta abierta. Avergonzado a más no poder, se encajó la cabeza en el cuello—. Qué descortés de mi parte.

Dijo llamarse Englebert y, puesto que Ymiine no tenía ningún otro sitio adonde ir, el joven la invitó a acompañarlo a su campamento. Era un andrajoso poblado compuesto de tiendas y fogatas, y las escasas personas que lo habitaban eran tan raras como Englebert. De hecho eran tan raras que casi todas habían sido expulsadas de distintas aldeas, igual que Ymiine. La recibieron con los brazos abiertos aun después de que les mostró su facultad de mudar en azor. Y ellos, a su vez, le enseñaron los singulares talentos que poseían. Parecía que no estaba sola en el mundo. Quizás, pensó, después de todo sí existía un lugar para ella.

Éstos eran, por supuesto, los antiguos peculiares de Gran Bretaña, y lo que Ymiine todavía ignoraba era que se había reunido con ellos en uno de los periodos más oscuros de su historia. Hubo una época en que las personas normales aceptaban —e incluso reverenciaban— a los peculiares, con los que se mezclaban con absoluta normalidad. Pero últimamente la ignorancia reinaba en el mundo y los normales desconfiaban de ellos. Cada vez que ocurría una tragedia que la rudimentaria ciencia de aquellos tiempos no podía explicar, la pagaban los peculiares. Cuando la aldea de la Pequeña Decepción despertó una mañana y descubrió que sus ovejas se habían quemado, ¿pensaron los aldeanos que un rayo las había fulminado? No, culparon al peculiar del pueblo y lo desterraron. Cuando la modista de Puntazo sufrió un ataque de risa que le duró una semana, ¿lo atribuyeron los aldeanos a la lana recién importada, que estaba infestada de ácaros portadores del virus de la risa? Pues claro que no: atribuyeron el hecho a un par de hermanas peculiares y las ahorcaron.

Esas atrocidades y otras parecidas se multiplicaban por todo el país. Los peculiares eran desterrados de la sociedad de los normales y se veían obligados a unirse a clanes como el que Ymiine acababa de encontrar. No era ninguna utopía hecha realidad; vivían juntos porque no podían confiar en nadie más.

CUENTOS EXTRAÑOS PARA NIÑOS PECULIARES

El líder de la comunidad era un peculiar llamado Tombs, un gigante de barba roja cuya voz, para su desgracia, era chillante como la de un gorrión. El timbre de su voz impedía que los demás lo tomaran en serio, pero él se tomaba muy seriamente y jamás permitía que nadie olvidara su pertenencia al Consejo de Peculiares Importantes.[1]

Ymiine evitaba a Tombs, porque había contraído una especie de alergia a los hombres demasiado orgullosos; en cambio, pasaba sus días en compañía de su divertido y ocasionalmente descabezado amigo, Englebert. Lo ayudaba a cultivar el huerto del poblado y a recoger leña para las fogatas, y él la ayudaba a conocer a los demás peculiares. Éstos se encariñaron de Ymiine al instante y ella empezó a considerar el campamento como

---

[1] El Consejo de Peculiares Importantes, formado exclusivamente por

hombres, antecedió al Consejo de Ymbrynes en muchos años. Estaba compuesto por una docena de concejales amigables que se reunían dos veces al año para redactar y modificar las leyes a las que, en teoría, estaban sometidos los peculiares. Dichas normas versaban principalmente sobre la resolución de conflictos (los duelos estaban permitidos), las circunstancias en las cuales se permitía a los peculiares emplear sus habilidades en presencia de normales (cuando les venía bien) y la infinidad de penas que podían imponerse por romper las reglas (que abarcaban desde un chasquido de lengua hasta el destierro).

La primera ymbryne

su hogar de adopción y a los peculiares como su segunda familia. Ymiine les hablaba de su vida como azor y los entretenía con sus trucos. (En cierta ocasión creó un bucle temporal en el instante en que Tombs tropezó con un perro dormido y todo el poblado acabó llorando de risa.) Ellos, a cambio, la obsequiaban con relatos de la pintoresca historia del reino peculiar. Durante un tiempo reinó la paz. Ymiine no recordaba haber sido nunca tan feliz.

Cada pocos días, sin embargo, las desdichadas corrientes del mundo exterior pinchaban la tranquila burbuja del poblado. Una marea constante de peculiares desesperados aterrizaba en el campamento buscando refugio del terror y la persecución. Todos ellos contaban más o menos la misma historia: llevaban años y años conviviendo pacíficamente con normales, hasta que cierto día, sin venir a cuento, los acusaban de un crimen absurdo y se veían obligados a huir, dichosos de escapar con vida. (Como les sucedió a las desafortunadas hermanas de Stitch, no todos tenían tanta suerte.) Los peculiares acogían a los recién llegados con la misma generosidad con la que habían acogido a Ymiine pero, tras casi un mes de afluencia, el poblado pasó de tener quince habitantes peculiares a tener cincuenta. Si aquello se prolongaba mucho más tiempo, no habría espacio ni alimento para todos, y una sensación de desastre inminente empezó a cernerse sobre los peculiares.

Cierto día llegó otro miembro del Consejo de Peculiares Importantes. Exhibía una expresión funesta y desapareció en la tienda de Tombs durante horas, y cuando los dos peculiares salieron por fin, reunieron a todos para comunicarles una alarmante noticia. Los normales ya habían expulsado a los peculiares de muchos de sus pueblos y aldeas, y ahora habían decidido prohibir su presencia en el condado de Groxford. Habían reunido una tropa de guerreros armados que estaba por llegar. La cuestión a discutir ahora era si luchar o huir.

Como es natural, los peculiares estaban asustados y no sabían que hacer.

Una joven miró a su alrededor y dijo:

—No vale la pena morir por esta colina y un puñado de tiendas cochambrosas. ¿Por qué no recogemos nuestras cosas y nos escondemos en el bosque?

—No sé ustedes —repuso Tombs—, pero yo estoy cansado de huir. Propongo que nos quedemos y luchemos. ¡Debemos recuperar nuestra dignidad!

—Ésa es también la recomendación oficial del consejo —añadió el concejal de expresión sombría, asintiendo.

—Pero no somos soldados —objetó Englebert—. No sabemos nada sobre la guerra.

—El ejército es muy pequeño y apenas si tienen armas —alegó Tombs—. Ellos creen que somos unos cobardes que saldrán corriendo a la primera señal de violencia. Pero nos subestiman.

—Pero ¿no necesitamos armas? —preguntó otro hombre—. ¿Espadas y porras?

—Me sorprendes, Eustace —replicó Tombs—. ¿Acaso no eres capaz de volverle a un hombre la cara al revés de un simple tirón de nariz?

—Bueno, sí —repuso el otro con timidez.

—Y a ti, Millicent Neary, te he visto prender fuego de un soplo. ¡Imagínate el terror de los normales cuando enciendas sus ropas en llamas!

—¡Qué gran imagen me pintas! —dijo Millicent—. Sí, sería genial verlos a ellos salir corriendo, para variar.

Al oír eso, la muchedumbre empezó a murmurar.

—Sí, sería genial.

—Esos normales nos están provocando desde hace tiempo.

—¿Se enteraron de lo que le hicieron a Titus Smith? ¡Lo cortaron en pedazos y echaron los trozos a sus propios cerdos!

—Si no nos defendemos, jamás nos dejarán en paz.

—¡Justicia para Titus! ¡Justicia para todos!

Al concejal le había bastado azuzarlos un poco para prender los ánimos de su gente. Incluso el pacífico Englebert estaba de acuerdo en hacer la guerra. Ymiine, cuyas tripas se revolvieron ante la primera mención de una batalla, no quiso seguir escuchando. Abandonó el pueblo a hurtadillas y se marchó a dar un largo paseo por los bosques. Regresó al anochecer y encontró a Englebert junto a una fogata. Los ánimos de su amigo se habían aplacado, pero no así su decisión de presentar batalla.

—Márchate conmigo —le propuso Ymiine—. Empezaremos de nuevo en alguna otra parte.

—¿Y adónde quieres que vayamos? —replicó él—. ¡Pretenden expulsarnos del condado de Groxford!

—Pues al condado de Noxford, al de Alcanford. Al de Pazwick. ¿Prefieres morir en Groxford a vivir en alguna otra parte?

—Sólo son un puñado de hombres —objetó Englebert—. ¿Qué diría la gente si huyéramos de una amenaza tan ridícula?

Aun estando la victoria prácticamente asegurada, Ymiine no quería formar parte en aquello.

—La opinión de la gente no merece el sacrificio de un solo pelo de nuestras cabezas y mucho menos de una vida.

—Entonces, ¿no lucharás?

—Ya perdí una familia por culpa de la guerra. No pienso quedarme aquí para ver cómo otra más se mete en la boca del lobo por propia voluntad.

—Si te marchas, pensarán que eres una traidora —dijo Englebert—. No podrás volver.

Ella miró a su amigo.

—¿Y tú que pensarás?

Englebert contempló el fuego mientras meditaba su respuesta. El silencio entre ellos fue respuesta suficiente, así que Ymiine se levantó y se encaminó a su tienda. Mientras se tendía en la cama, una gran tristeza reptó hasta su corazón. Comprendió que ésta sería su última noche como humana.

Ymiine partió con el primer atisbo del alba, antes de que nadie más hubiera despertado. No soportaba la idea de decir adiós. Cuando llegó al límite del campamento se transformó en azor y, según ascendía, se preguntó si alguna vez encontraría a otro grupo que la aceptara, humano o aviar.

Ymiine llevaba volando apenas unos minutos cuando divisó la tropa de los normales allá abajo. Sin embargo, no se trataba de un pelotón aislado formado por un puñado de hombres, era un ejército de cientos de soldados que bañaba las colinas de relucientes armaduras.

¡Los peculiares estaban a punto de sufrir una matanza! Dio media vuelta al momento y voló de regreso para avisarles. Encontró a Tombs en su tienda y le contó lo que acababa de presenciar.

El hombre no mostró la más mínima sorpresa.

Ya lo sabía.

—¿Por qué no les has dicho que venían tantos soldados? —lo acusó Ymiine—. ¡Has mentido!

—Estarían aterrorizados —repuso él—. No se habrían comportado con dignidad.

—Deberían estar aterrorizados —gritó ella—. ¡Ya deberían haber huido!

—No serviría de nada —dijo Tombs—. El rey de los normales ha ordenado liquidar a los peculiares de todo el reino, de las montañas al mar. Nos encontrarán tarde o temprano.

—No si abandonamos el país —argumentó Ymiine.

—¡Abandonar el país! —exclamó él, sorprendido—. ¡Pero si llevamos aquí cientos de años!

—Y estaremos muertos muchos más años que ésos —replicó Ymiine.

—Es una cuestión de honor —alegó Tombs—. No espero que un pájaro lo entienda.

—Lo entiendo perfectamente —respondió ella, y se alejó para avisar a los demás.

Pero era demasiado tarde: el ejército de los normales estaba llegando, un enjambre de soldados armados hasta los dientes que ya se avistaba a lo lejos. Lo que es peor: los peculiares ni siquiera podían huir; los normales los estaban cercando por todos los flancos.

Los peculiares se apiñaron en su campamento, aterrados. La muerte parecía inminente. Ymiine podría haberse transformado en pájaro y haber escapado volando sin más —los peculiares la animaron a hacerlo, de hecho—, pero no podía abandonarlos. Los habían engañado, les habían mentido, y el sacrificio que estaban a punto de hacer ya no era voluntario. Marcharse ahora no sería una cuestión de principios sino un acto de abandono y traición. Así que recorrió el campamento abrazando a sus amigos. Englebert la estrechó entre sus brazos con más fuerza que nadie y, aun cuando la soltó, pasó unos instantes contemplándola.

—¿Qué haces? —le preguntó Ymiine.

—Memorizando el rostro de mi amiga —contestó él—. Para poder recordarlo aun en la muerte.

El silencio cayó sobre ellos y sobre todo el campamento. Durante un rato, sólo se oía el fragor metálico del ejército que se acercaba. Y entonces, detrás de un nubarrón el sol se asomó de repente bañando la tierra con una luz resplandeciente, Ymiine pensó que la imagen era tan hermosa que deseó verla una vez más antes de que fueran asesinados. Así que la reprodujo, y los peculiares estaban tan cautivados que lo hizo por segunda vez. Y entonces advirtieron que, durante los minutos que habían dedicado a contemplar el rayo de sol, el ejército de los normales no se había aproximado. Con cada repetición del instante, sus enemigos se desvanecían y luego reaparecían cientos de metros más allá.

En aquel momento Ymiine comprendió que su facultad de crear bucles temporales poseía una utilidad que ella no había entendido del todo; una que cambiaría para siempre la organización social de los peculiares, aunque ella todavía no lo sabía. Creó un refugio para todos, una burbuja de tiempo estancado, y los peculiares observaron fascinados cómo el ejército de los normales avanzaba hacia ellos y luego desaparecía una y otra vez, en un bucle de tres minutos.

—¿Cuánto tiempo podrás seguir haciéndolo? —le preguntó Englebert.

—No lo sé —reconoció ella—. Nunca había reproducido un instante tantas veces. Pero un buen rato, supongo.

Tombs salió de su tienda como un vendaval, perplejo y enfadado.

—¿Qué estás haciendo? —le gritó a Ymiine—. ¡Detenlo!

—¿Y por qué? —le espetó ella—. ¡Estoy salvando nuestras vidas!

CUENTOS EXTRAÑOS PARA NIÑOS PECULIARES

—Sólo estás retrasando lo inevitable —rugió Tombs—. ¡Te ordeno, por la autoridad que me otorga el consejo, que ceses de inmediato!

—¡Al cuerno con el consejo! —le soltó Millicent Nearly—. ¡Son una bola de mentirosos!

Tombs empezó a enumerar la lista de castigos que le aguardaban a cualquiera que desafiara las órdenes del consejo cuando Eustace Corncrake se acercó y le estiró la nariz para volver la cara de Tombs del revés. El hombre, con su cabeza rosa y blandita, se alejó corriendo y jurando represalias.

Y miine seguía reiniciando el instante. Los peculiares la rodeaban animándola, aunque para sus adentros temían que no pudiera prolongar la situación hasta el infinito. Y miine compartía su preocupación: debía reiniciar el bucle cada tres minutos así que no podría dormir, pero al final su cuerpo la obligaría a hacerlo y entonces aquel ejército que se asomaba perpetuamente en el horizonte los rodearía y los machacaría.

Al cabo de dos días y una noche, Y miine ya no confiaba en su capacidad de permanecer despierta, así que Englebert se ofreció como voluntario para sentarse a su lado y zarandearla cada vez que se le cerrasen los ojos. Al cabo de tres días y dos noches, cuando Englebert empezó a cabecear también, Eustace Corncrake se ofreció como voluntario para sentarse junto a Englebert y zarandearlo a él, y cuando Eustace comenzó a perder la batalla contra el sueño, Millicent Neary se ofreció a sentarse a su lado y mojarle la cara cada vez que el sueño lo venciera. Al final, todos los peculiares del campamento habían

La primera ymbryne

formado una larga cadena en la que se ayudaban unos a los otros para ayudar a Englebert a impedir que Ymiine se durmiera.

Transcurridos cuatro días y tres noches, Ymiine no había dejado de reiniciar el bucle ni una sola vez. Sin embargo, el cansancio empezó a provocarle alucinaciones. Pensó que sus difuntos hermanos estaban allí, cinco azores que sobrevolaban en círculos sobre el campamento. Le graznaban palabras que no tenían sentido:

¡Otra vez!

¡Otra!

¡Otra vez! ¡Otra vez!

¡Riza el bucle para doblar la membrana!

Ymiine cerró los ojos con fuerza y luego sacudió la cabeza. A continuación bebió un poco de agua de la que Millicent Neary le tiraba a Eustace Corncrake. Cuando volvió a alzar la vista, los fantasmas de sus hermanos habían desaparecido, pero sus palabras seguían retumbando en su cabeza. Se preguntó si sus hermanos —o alguna parte de sí misma, un instinto nato— intentaban decirle algo que le fuera útil.

Otra vez, otra vez.

Al quinto día dio con la respuesta al enigma. O más bien, con *una* respuesta: ella no estaba segura de que fuera la correcta, pero estaba segura de que no aguantaría un día más. Dentro de nada, ningún zarandeo impediría que se durmiera.

Así pues, reinició el bucle. (Había perdido la cuenta de la cantidad de veces que llevaba el sol asomándose por detrás de la nube, pero debían de ser miles.) Y entonces, pocos segundos después de rizado el bucle, hizo otro... *dentro* del primero.

Las consecuencias fueron tan inmediatas como extrañas. Todo pareció duplicarse a su alrededor —el sol, la nube, el ejército en la lejanía—, como si a Ymiine se le hubiera empañado la vista. El mundo tardó un rato en volver a enfocarse y, cuando lo hizo, el tiempo había retrocedido una pizca. La nube ocultaba más al sol. El ejército se encontraba más lejos que antes. Y esta vez transcurrieron seis minutos, no tres, antes de que el sol asomara por detrás del nubarrón.

Así pues, rizó el bucle dos veces por segunda vez y entonces duró doce minutos, lo hizo una tercera vez y duró veinticuatro. Y cuando consiguió que durara una hora, se echó una siesta. Y entonces rizó el bucle una y otra vez, y fue como si llenara un recipiente de aire o de agua; sentía cómo la membrana del bucle se tensaba para contener todo ese tiempo hasta acabar tan tirante como la de un tambor y ella sabía que la membrana no aguantaría más. En ese momento supo que no daría más de sí.

El bucle que había hecho Ymiine duraba ahora veinticuatro horas, y comenzaba la mañana anterior, mucho antes de que apareciera un ejército en el horizonte. Sus camaradas peculiares estaban tan impresionados y agradecidos que intentaron llamarla reina Ymiine y Su Majestad, pero ella no lo permitió. Ella simplemente era Ymiine y su mayor alegría era saber que había creado un espacio seguro —un nido— para sus amigos.

Si bien estaban a salvo de la agresión de los normales, sus problemas estaban lejos de terminarse. El ejército que casi los había destruido seguía aterrorizando peculiares por todo el país, y según corría la voz de que había un bucle temporal activo en el condado de Groxford, los supervivientes y los refugiados llegaban con frecuencia creciente.[2]

Al cabo de pocas semanas, los cincuenta habitantes se duplicaron. Entre ellos se contaban varios miembros del Consejo de Peculiares Importantes (incluido Tombs, que llevaba la cara al derecho otra vez). Si bien habían cejado en su empeño de clausurar el bucle, los concejales trataron de imponer su autoridad insistiendo en que no se acogería a ningún recién llegado más. Pero todos dejaron la decisión a Ymiine —al fin y al cabo era su bucle— y ella se negó a rechazar a nadie, aunque el campamento estaba atestado.

---

[2] Si bien este cuento no los menciona, seguramente porque son demasiado numerosos como para referirse a ellos, durante ese tiempo se realizaron abundantes e importantes descubrimientos en relación con el comportamiento y la función de los bucles temporales. Dichos descubrimientos incluían el concepto de tiempo estancado, los límites de la accesibilidad para los no peculiares, salidas duales de un bucle al pasado y al presente y quizás incluso los rudimentos de la teoría del flujo temporal y los problemas de los flujos paralelos. Todo lo cual implica que Ymiine no sólo está considerada la primera ymbryne de Gran Bretaña sino también una auténtica pionera en bucleología. Tampoco deberían desdeñarse las aportaciones de su amigo Englebert: su cabeza de quita y pon albergaba una aguda mente científica y, de no haber sido por sus concienzudas notas, muchos de los descubrimientos de Ymiine se habrían perdido para la historia.

CUENTOS EXTRAÑOS PARA NIÑOS PECULIARES

Los concejales se enfurecieron y amenazaron con castigarlos a todos. Los peculiares se enfurecieron a su vez y acusaron al consejo de mentir para obligarlos a entrar en guerra. Los concejales señalaron a Tombs, afirmando que había actuado por cuenta propia —aunque esto obviamente no era verdad— y que el engaño se había llevado a cabo sin el beneplácito de los demás concejales. A continuación acusaron a Ymiine de haber usurpado la legítima autoridad del consejo, un delito que la ley castigaba con el destierro al Yermo Inmisericordio. Momento en el cual los peculiares se alzaron en su defensa, lanzaron barro (y tal vez un poco de excremento) a los concejales y los expulsaron del bucle.[3]

A lo largo de las semanas siguientes, los peculiares acudían a Ymiine en busca de liderazgo. Además de asegurarse de que el bucle siguiera activo, le pedían que resolviera disputas personales, que emitiera los votos decisivos acerca de qué leyes del consejo debían conservar y cuáles derogar, que castigara a los infractores de aquellas leyes que hubieran prevalecido y otros asuntos parecidos. Ella se adaptó rápido a su nuevo papel, pero también estaba desconcertada. De todos los peculiares del bucle, ella era la más nueva y la menos experimentada. ¡Sólo hacía

---

[3] Aquella pequeña revuelta popular marcó el principio del matriarcado ymbryne en el reino peculiar, pero el cambio no careció de resistencias. El consejo y sus compinches se aferraron al poder y, a lo largo de los años siguientes, protagonizaron una serie de golpes de estado fallidos. Pero ésa es otra historia para alguna otra ocasión.

LA PRIMERA YMBRYNE

seis semanas que habitaba un cuerpo humano de tiempo completo! Sin embargo, sus compañeros consideraban su inexperiencia como una ventaja: al ser nueva en el poblado carecía de prejuicios, era justa y neutral, y emanaba un aire de tranquila dignidad más propia del mundo aviar que del humano.

No obstante, pese a toda su sabiduría, Ymiine seguía sin tener respuesta para el mayor problema de todos: cómo se las iban a ingeniar más de un centenar de peculiares para vivir en un espacio que apenas alcanzaba los cien metros de punta a punta. Una vez establecido, un bucle podía abarcar más tiempo pero no más espacio, e Ymiine sólo había incluido en la burbuja temporal a la docena de tiendas del pequeño campamento. No tenían demasiada comida, y si bien sus provisiones reaparecían a diario con el reinicio del bucle, nunca bastaban para alimentarlos a todos. (En el exterior, el invierno estaba en pleno apogeo y no había gran cosa que cazar o recolectar; si abandonaban el bucle, había más probabilidades de que se toparan con una cuadrilla de normales que con comida, porque los normales se habían obsesionado con encontrar a esos peculiares que se habían esfumado ante sus ojos.)

Una noche, mientras estaban sentados alrededor de una atestada fogata para cocinar, Ymiine comentó el tema con Englebert.

—¿Qué vamos a hacer? —preguntó—. Si nos quedamos aquí moriremos de hambre y si nos marchamos nos atraparán.

Englebert se había quitado la cabeza para apoyársela en el regazo. De ese modo podía rascarse la coronilla con ambas manos, algo que hacía cuando estaba concentrado.

—¿Podrías hacer un bucle más grande en alguna otra parte donde abunde la comida? —sugirió—. Si fuéramos cuidadosos de no ser vistos, podríamos trasladarnos todos.

—Cuando el tiempo mejore, puede ser. Si ahora creara un nuevo rizo, moriríamos de frío.

—Pues esperaremos —dijo él—. Pasaremos un poco de hambre hasta que llegue el buen tiempo.

—¿Y entonces qué? —insistió ella—. Acudirán nuevos peculiares necesitados y el nuevo bucle también nos quedará pequeño. Volveremos a estar en una situación desesperada. No puedo asumir tanta responsabilidad.

Englebert suspiró y se rascó la cabeza.

—Ojalá pudieras duplicarte.

Una expresión extraña asomó al rostro de Ymiine.

—¿Qué has dicho?

—Que ojalá pudieras duplicarte —repitió Englebert—. En ese caso podrías hacer bucles múltiples y tendríamos la posibilidad de expandirnos un poco. Me preocupa que haya tantos peculiares en un mismo sitio. Pronto surgirán bandos y estallarán peleas. Y si, el cielo nos libre, al bucle le sucediera alguna tragedia, la población de peculiares de Inglaterra quedaría reducida a la mitad con un solo golpe.

Ymiine miraba a Englebert, pero su mirada estaba perdida en el infinito.

—¿En qué piensas? —quiso saber él—. ¿Se te ha ocurrido algún modo de duplicarte?

—Puede ser —repuso ella—. Puede ser.

Al día siguiente, Ymiine reunió a los peculiares y les dijo que se iría por un tiempo. Olas de pánico recorrieron la multitud, aunque ella les aseguro que volvería a tiempo para reiniciar el bucle. Ellos le suplicaron que no se marchara, pero Ymiine insistió en que era crucial para su supervivencia.

Dejó a Englebert a cargo del poblado, se transformó en pájaro y salió volando del bucle por primera vez desde su creación. Planeando sobre los helados bosques del condado de Groxford, formulaba la misma pregunta a cada ave que encontraba:

—¿Conoces algún pájaro capaz de transformarse en ser humano?

Buscó durante todo el día y toda la noche, pero a donde quiera que iba recibía un no por respuesta. Regresó al bucle a altas horas de la madrugada, cansada y desanimada, pero no vencida. Reinició el bucle, esquivó las preguntas de Englebert y salió volando otra vez sin pararse a descansar.

Siguió buscando hasta que le dolieron los ojos y las alas, pensaba:

—No es posible que yo sea única en el mundo, ¿verdad?

Tras otro largo día de exploración infructuosa, Ymiine estaba casi convencida de que ella era absolutamente única. Sólo de pensarlo la embargaba la desesperación... y una horrible sensación de soledad.

Y entonces, justo a la puesta del sol, a punto de dar media vuelta para regresar al bucle, Ymiine sobrevoló un claro de bosque y atisbó un grupo de cernícalos allá abajo. Entre los pájaros había una joven. Todo sucedió en un momento. Cuando los cernícalos vieron a Ymiine, echaron a volar y se dispersaron por el bosque. En medio de la confusión, la joven desapareció, pero no era posible que se marchara tan deprisa, ¿verdad?

¿Se habría convertido en cernícalo y habría salido volando con los demás?

Ymiine planeó tras ellos para alcanzarlos. Pasó una hora tratando de localizarlos, pero los cernícalos son presa natural de los azores y Ymiine les inspiraba terror. Tendría que pensar otra estrategia.

Cayó la noche. Ymiine regresó a su bucle, lo reinició, engulló cinco mazorcas de maíz y dos cuencos de sopa de puerros —cuando te pasas el día volando, te entra un hambre terrible— y al día siguiente regresó al bosque de los cernícalos. En esta ocasión no se aproximó al claro desde el aire como un azor sino caminando como un ser humano. Cuando los cernícalos la avistaron, revolotearon hacia los árboles y se posaron en las ramas para observarla, cautos pero tranquilos. Ymiine se plantó en mitad del claro y se dirigió a ellos no en lengua humana ni tampoco en azorés (el idioma de los azores), sino con las pocas palabras de cernícalo que conocía, tan bien como una garganta humana puede reproducirlas.

—Uno de ustedes no es como los demás —dijo— y a esa joven me dirijo. Eres ave y ser humano. Yo estoy afligida y bendecida con la misma habilidad, y me gustaría mucho hablar contigo.

La imagen que ofrecía una humana hablando cernicalés provocó un estallido de gorjeos nerviosos y entonces Ymiine oyó un revoloteo. Instantes después, una joven apareció detrás de un árbol. Tenía la piel oscura y delicada y el cabello a rape. Su elegante figura, alta y esbelta, guardaba una clara semejanza con un pájaro y se cubría con pieles y prendas de cuero para protegerse del frío.

—¿Me entiendes? —le preguntó Ymiine en inglés.

La mujer asintió con aire inseguro. Parecía que estaba diciendo: "Un poco".

—¿Hablas la lengua de los humanos? —quiso saber Ymiine.

—*Ouí, un peau* —respondió la joven.

Ymiine reconoció que la joven había hablado humano, aunque no pudo entender las palabras. Quizá la joven formaba parte de un clan migratorio y las había aprendido en alguna otra parte.

—Me llamo Ymiine —dijo, señalándose a sí misma—. ¿Cómo te llamas tú?

La joven carraspeó y lanzó un fuerte graznido en cernicalés.

—Bueno, por ahora te llamaré señorita Cernícalo —decidió Ymiine—. Señorita Cernícalo, tengo una pregunta muy importante que plantearte. ¿Alguna vez has hecho que sucediera algo... más de una vez?

Con el dedo dibujó un gran círculo en el aire, con la esperanza de que la joven la entendiera.

Con los ojos abiertos de par en par, la señorita Cernícalo avanzó unos pasos hacia Ymiine, En aquel momento cayó un grumo de nieve de un árbol y, con un dramático gesto, la señorita Cernícalo lo hizo desaparecer del suelo y caer de la rama por segunda vez.

—¡Sí! —exclamó Ymiine—. ¡Tú también puedes hacerlo! —y después agitó su mano y también hizo que se repitiera la caída de la nieve. La señorita Cernícalo la miró boquiabierta.

Se abalanzaron para encontrarse sin poder contener la risa, se agarraron de las manos, gritaron y se abrazaron; emocionadas, cada una parloteaba en una lengua que la otra apenas si podía entender. Los cernícalos de los árboles compartían su alegría e, intuyendo que se hallaban ante una amiga, abandonaron sus ramas para revolotear entre las dos mujeres gorjeando de nervios.

Ymiine experimentaba un alivio indescriptible. Aunque era un ser peculiar incluso entre peculiares, ahora sabía que no estaba sola. Había más como ella, y eso significaba —quizás— que la sociedad de los peculiares llegaría a ser algún día un lugar seguro y sensato en vez de estar gobernado por hombres orgullosos de miras estrechas. Apenas si alcanzaba a intuir la organización que adoptaría una sociedad semejante, pero sabía que el hallazgo de la señorita Cernícalo marcaba un antes y un después en el mundo peculiar. Charlaron como pudieron durante más de una hora y hacia el final de la conversación la señorita Cernícalo accedió a acompañar a Ymiine al bucle.

La primera ymbryne

Y el resto, como se suele decir, es historia. La señorita Cernícalo fue a vivir con los peculiares. Ymiine le enseñó todo lo que sabía de bucles, y pronto su nueva amiga había aprendido lo suficiente como para mantener el bucle activo sin ayuda. Gracias a eso, Ymiine pudo embarcarse en largas expediciones en busca de otras mujeres pájaro capaces de alterar el tiempo —las encontró, cinco en total, y las llevó consigo— y cuando las recién llegadas recibieron la preparación necesaria y el avaro invierno cedió el paso a la primavera, se crearon grupos de peculiares que partieron a otras tierras con el fin de hacer cinco bucles permanentes más.

Los bucles se consideraban refugios seguros en los que reinaba el orden y la sensatez, y rápidamente corrió la voz de su existencia. Los peculiares que habían sobrevivido a las purgas acudieron de toda Inglaterra en busca de asilo, aunque para ser admitidos debían acceder a vivir bajo las leyes de las mujeres ave. A estas peculiares pronto se las conoció como *ymiines*, en honor a la primera de su especie (aunque con el paso del tiempo y la evolución de las lenguas, la palabra acabó por convertirse en *ymbryne*).

Las ymbrynes se reunían en consejo dos veces al año con el fin de cooperar entre sí e intercambiar conocimientos. Durante mucho tiempo, Ymiine en persona supervisó aquellas reuniones contemplando con orgullo cómo crecía su red de bucles e ymbrynes, lo que les permitía proteger a varios cientos de peculiares. Vivió felizmente hasta la avanzada edad de ciento cincuenta y siete años.

CUENTOS EXTRAÑOS PARA NIÑOS PECULIARES

Durante el largo tiempo transcurrido desde su llegada al poblado, Englebert y ella compartieron casa (pero nunca habitación), pues los unía un amor sereno y amistoso. Ymiine sucumbió a una de las devastadoras plagas de peste negra que asolaron Europa.

Cuando murió, todos aquellos peculiares vivos a los que rescató, sus hijos y sus nietos se jugaron la vida para cruzar el territorio hostil y la acompañaron en larga procesión por el bosque hasta el mismo árbol, si la memoria de Englebert no fallaba, en el que nació. Fue enterrada allí mismo, entre las raíces.[4]

---

[4] Durante muchos años, el árbol de Ymiine fue un famoso destino de peregrinación peculiar, pero ahora desconocemos su ubicación. Sin embargo, sí se conserva, cuidadosamente en una vitrina, una de las plumas de su cola, negra y parda, una antigua reliquia que sigue expuesta en el Panteón de los Notables.

La chica que quería ser amiga de un fantasma

rase una vez una chica peculiar llamada Hildy. Tenía una voz alegre y potente, la piel de un marrón oscuro y veía a los fantasmas. No le daban ningún miedo. Su hermana gemela se había ahogado en la infancia y, cuando Hildy creció, el fantasma de su hermana seguía siendo su mejor amiga. Eran inseparables: corrían juntas por los campos de amapolas que rodeaban su hogar, jugaban al "palo que te pego" en el parque del pueblo y se quedaban despiertas hasta entrada la noche contándose historias de miedo sobre personas vivas. El fantasma de la hermana de Hildy incluso asistía con ella a la escuela. La divertía poniéndole muecas que nadie más veía a la maestra y la ayudaba en los exámenes mirando las respuestas de sus compañeras y soplándoselas al oído. (Se las podría haber gritado y nadie excepto Hildy se habría enterado, pero prefería susurrarlas por si acaso.)

El día que Hildy cumplió dieciocho años, su hermana fue requerida para un asunto espectral.

CUENTOS EXTRAÑOS PARA NIÑOS PECULIARES

—¿Y cuándo volverás? —le preguntó Hildy, al borde de las lágrimas. No se habían separado ni un sólo día desde la muerte de su hermana.

—Tardaré unos años —respondió su hermana—. Te voy a extrañar muchísimo.

—No tanto como yo a ti —respondió Hildy, desconsolada.

Su hermana la abrazó. Tenía los ojos inundados de lágrimas fantasmales.

—Intenta hacer amigos —le dijo, y desapareció.

Hildy trató de seguir el consejo de su hermana, aunque nunca había trabado amistad con ninguna persona viva. Aceptó una invitación a una fiesta, pero no se animó a hablar con nadie. Su padre le concertó un encuentro con la hija de un colega del trabajo, pero Hildy estuvo tensa e incómoda, y no se le ocurrió nada más que preguntarle:

—¿Alguna vez has jugado al "palo que te pego"?

—Es un juego de niños pequeños —replicó la otra, e inventó una excusa para marcharse temprano.

Hildy descubrió que prefería la compañía de los fantasmas a la de las personas de carne y hueso, y decidió hacerse amiga de algún espectro. El problema era cómo hacerlo. Aunque Hildy veía fantasmas, costaba lo suyo trabar amistad con ellos. Resulta que los fantasmas se parecen un poco a los gatos: nunca están cerca cuando los buscas y rara vez acuden cuando los llamas.[1]

---

[1] Se puede decir lo mismo de los grimosos, a menos que tengas un vínculo especial con ellos.

LA CHICA QUE QUERÍA SER AMIGA DE UN FANTASMA

Hildy fue a un cementerio. Esperó horas y horas, pero ningún fantasma se acercó a hablar con ella. Observaban a Hildy desde los arbustos, distantes y recelosos. Ella pensó que quizás llevaban muertos demasiado tiempo y la experiencia les había enseñado a desconfiar de los vivos. Con la esperanza de que le costara menos trabar amistad con los difuntos recientes, empezó a ir a los funerales. Como sus conocidos no morían tan frecuentemente, no tuvo más remedio que asistir a funerales de extraños. Y cuando los deudos le preguntaban quién era o qué hacía allí, Hildy mentía alegando ser pariente lejana del difunto; tiempo después preguntaba si el aquel había sido buena persona en vida, si le gustaba correr por el prado o jugar al "palo que te pego". Los deudos la encontraban rara (y, a decir verdad, lo era) y los fantasmas, que notaban la suspicacia de sus parientes, se alejaban de Hildy.

Más o menos en esa época los padres de Hildy murieron. Puede que ellos quieran ser mis amigos, pensó, pero se equivocó, pues sus padres partieron en busca de la hermana muerta y abandonaron a Hildy a su suerte.

La joven discurrió una nueva estrategia: vendería el hogar de sus padres para comprar una mansión encantada, ¡que sin duda traería sus propios fantasmas incorporados! Así que Hildy inició la búsqueda de su nueva casa. El agente inmobiliario la encontró fastidiosa y extraña (y, a decir verdad, lo era) porque cada vez que le enseñaba a Hildy una casa preciosa, ella se limitaba a preguntar si en aquel hogar había sucedido alguna desgracia, como un asesinato o un suicidio, o, mejor aún, un

CUENTOS EXTRAÑOS PARA NIÑOS PECULIARES

asesinato y un suicidio, e ignoraba la espaciosa cocina y la sala luminosa para fijarse en el desván y en el sótano.

Por fin encontró una casa embrujada como Dios manda y la compró. Hasta que se hubo instalado descubrió que el fantasma incluido sólo estaba medio tiempo: pasaba unas cuantas noches para hacer tintinear las cadenas y dar unos cuantos portazos.

—No te vayas —le pidió Hildy cuando lo alcanzó.

—Lo siento, tengo otras casas que atormentar —repuso él, y se apresuró a salir.

Hildy se sentía estafada. Necesitaba algo más que un fantasma de medio tiempo. Se había tomado muchas molestias para encontrar una casa encantada pero, al parecer, la que había comprado no lo estaba del todo. Comprendió que debía encontrar la mansión más encantada del mundo. Compró libros sobre casas embrujadas e investigó el tema. Pidió consejo a su fantasma de medio tiempo, se lo preguntó a gritos mientras lo perseguía de sala en sala en tanto que él agitaba unas cadenas por aquí y pegaba un portazo por allá. (Por lo visto, siempre llegaba tarde a una cita más importante, pero Hildy procuró no tomárselo como algo personal.) El fantasma dijo algo sobre Kuimbra y se marchó deprisa. Hildy descubrió que se refería a una ciudad de Portugal —que se escribe "Coimbra"— y, una vez que supo eso, le costó muy poco averiguar qué casa de la ciudad era la más embrujada de todas. Entabló correspondencia con el hombre que la habitaba, cuyas cartas hablaban de gritos surgidos de la nada y botellas que salían volando, y Hildy le confesó que envidiaba su suerte. Al hombre le extrañó la respuesta,

LA CHICA QUE QUERÍA SER AMIGA DE UN FANTASMA

pero también pensó que la chica escribía muy bien, y cuando ella se ofreció a comprarle su propiedad, el hombre rehusó con toda la amabilidad del mundo. La casa llevaba en su familia varias generaciones, explicó, y así debía seguir siendo. Aquel hogar era la cruz que le había tocado en suerte.

Hildy empezaba a desesperarse. En un momento de máxima depresión consideró la idea de matar a alguien porque, en ese caso, el fantasma del difunto no tendría más remedio que atormentarla —pero ésa no parecía una buena manera de empezar una amistad, y abandonó la idea enseguida.

Por fin decidió que si no podía comprar la casa más encantada del mundo, la construiría ella misma. Primero escogió el terreno más embrujado que se le ocurrió para erigirla: la cima de una colina en donde enterraron a muchísimas personas durante el último brote de la plaga. Luego buscó los materiales de construcción más encantados que pudo encontrar: madera rescatada de un naufragio sin supervivientes, ladrillos de un crematorio, columnas de piedra de un hospicio que se había incendiado con cientos de personas dentro y ventanas del palacio de un príncipe loco que envenenó a toda su familia. Hildy decoró la morada con muebles, alfombras y obras de arte procedentes de otras casas embrujadas, incluida la del hombre de Portugal, que le envió un secreter del cual brotaba, cada madrugada a las tres en punto, el llanto de un bebé. Por si las moscas, ofreció su salón a lo largo de un mes a familias que hubieran perdido a un ser querido para que velaran a sus difuntos. Sólo entonces, en el instante en que sonó la última campanada de la medianoche, en plena tormenta huracanada, se mudó a su nuevo hogar.

Hildy no sufrió una decepción —al menos no enseguida. ¡Había fantasmas por todas partes! De hecho, en la casa apenas si cabían todos. Los espectros atestaban el sótano y el desván, se peleaban por esconderse debajo de la cama y en los armarios, y siempre había cola para ir al cuarto de baño. (No usaban el lavabo, por supuesto, pero les gustaba atusarse el cabello delante del espejo para asegurarse de que luciera despeinado y aterrador.) Bailaban en el jardín a todas horas; no porque a los fantasmas les guste especialmente bailar, sino porque las personas enterradas debajo de la casa habían muerto de la epidemia de baile.[2]

Los fantasmas golpeaban las cañerías, hacían traquetear las ventanas y tiraban los libros de la estanterías. Hildy iba de habitación en habitación, presentándose.

—¿Nos ves? —le preguntó el fantasma de un muchacho—. ¿Y no tienes miedo?

—Para nada —repuso Hildy—. Los fantasmas me caen bien. ¿Alguna vez has jugado al "palo que te pego"?

—No, lo siento —musitó el espectro, y se marchó a toda prisa.

Parecía decepcionado, como si deseara asustar a alguien y ella le hubiera robado la oportunidad. Así que fingió terror

---

[2] La epidemia de baile acabó con millones de vidas, pero sus víctimas inventaron el fox-trot, el charlestón y el cha-cha slide. Así pues, una de cal y otra de arena.

La chica que quería ser amiga de un fantasma

cuando volvió a cruzarse con un fantasma, una anciana que hacía flotar los cuchillos de la cocina.

—¡Ahhhh! —chilló Hildy—. ¿Qué les pasa a mis cuchillos? ¡Estoy perdiendo la cabeza!

La anciana estaba complacida, así que dio un paso hacia atrás y levantó los brazos para que los cuchillos flotaran más arriba. Pero tropezó con otro espectro que se arrastraba por el suelo detrás de ella. La fantasmagórica dama cayó de espaldas y los cuchillos se estrellaron contra la barra.

—¿Qué haces ahí abajo? —le espetó la anciana fantasma al espectro que reptaba—. ¿No ves que estoy trabajando?

—¡Deberías mirar por dónde vas! —le gritó el otro desde el suelo.

—¿Que mire por dónde voy? ¿Yo?

Hildy se echó a reír; no pudo evitarlo. Los dos fantasmas dejaron de discutir para volverse a mirarla.

—Creo que puede vernos —observó el espectro reptante.

—Sí, es obvio —dijo la anciana fantasma—. Y no tiene ni un poco de miedo.

—¡Sí, sí que tengo! —le aseguró Hildy, aguantándose la risa—. ¡De verdad!

El fantasma de la señora se puso de pie y se sacudió el polvo de la ropa.

—Salta a la vista que te estás burlando de mí —declaró—. Jamás en toda mi muerte me he sentido tan humillada.

Hildy no sabía qué hacer. Había intentado ser ella misma y no había funcionado. Había tratado de adaptarse a lo que

CUENTOS EXTRAÑOS PARA NIÑOS PECULIARES

esperaban los fantasmas de ella y tampoco había dado resultado. Desanimada, fue al pasillo en donde los espectros hacían cola ante la puerta del baño y dijo:

—¿Alguno de ustedes quiere ser mi amigo? Soy muy simpática y conozco un montón de historias de miedo sobre personas vivas que les encantarían.

Pero los fantasmas arrastraron los pies y miraron al suelo sin responder. Notaban la desesperación de la chica y eso los incomodaba.

Tras un largo silencio, Hildy se marchó; su cara estaba enrojecida por la vergüenza. Sentada en el porche, se quedó mirando a la plaga de fantasmas que bailaba en el jardín. No se puede obligar a nadie a que sea tu amigo —ni siquiera a los muertos.

Sentirse ignorada era aún peor que sentirse sola, así que Hildy decidió vender la casa. Las primeras cinco personas que acudieron a verla se marcharon asustadas antes de cruzar siquiera la puerta principal. Hildy trató de reducir la infestación espectral vendiendo unos cuantos muebles encantados a sus propietarios originales. Le escribió una carta al hombre de Portugal preguntándole si le interesaba recuperar su secreter llorón. Él respondió de inmediato. No quería el secreter, dijo, pero esperaba que ella estuviera bien. Y firmó la carta con las siguientes palabras: "Su amigo, João".

Hildy permaneció varios minutos mirando las palabras con atención. ¿De verdad ese hombre se consideraba su amigo? ¿O sólo se estaba mostrando... amistoso?

La chica que quería ser amiga de un fantasma

Le respondió. Adoptó un tono fresco y desenfadado. Le mintió al afirmarle que todo iba bien, y luego le preguntó qué tal estaba él. Firmó la carta con las siguientes palabras: "Su amiga, Hildy".

João y Hildy intercambiaron varias cartas más. Eran cortas y sencillas, apenas unos saludos corteses y alguno que otro comentario sobre el tiempo. Hildy seguía sin estar segura de si João la consideraba su amiga o si tan sólo estaba siendo amable. Pero entonces recibió una misiva que terminaba así: "Si alguna vez pasa por Coimbra, me encantaría que viniera a visitarme".

Hildy reservó un boleto de tren a Portugal aquel mismo día, guardó un montón de ropa en un baúl por la noche y, a primera hora de la mañana siguiente, el coche de caballos que debía trasladarla a la estación acudió a buscarla.

—¡Adiós, fantasmas! —les gritó alegremente desde la puerta de la calle—. ¡Volveré dentro de unas semanas!

Los fantasmas no respondieron. Oyó que algo se rompía en la cocina. Hildy se encogió de hombros y echó a andar hacia el carruaje.

Tardó una calurosa y polvorienta semana de viaje en llegar a la casa de João, en Coimbra. Durante el largo trayecto intentó prepararse para la inevitable decepción. Hildy y João hacían buenas migas por carta, pero ella sabía que probablemente en persona no sucedería lo mismo porque a nadie le caía bien. Debía hacerse a la idea, porque el dolor de otro rechazo la haría trizas.

Llegó a la morada del hombre, una lúgubre mansión plantada en lo alto de una colina. El caserón parecía observarla a través de las ventanas entreabiertas. Mientras Hildy se encaminaba hacia el porche, una bandada de cuervos negros graznó y salió volando del roble muerto que asomaba en el jardín delantero. Se fijó en el fantasma que oscilaba al final de una soga atada al balcón del tercer piso y lo saludó. El fantasma le devolvió el saludo, desconcertado.

João abrió la puerta y la hizo pasar. Era un hombre amable y atento. La ayudó a despojarse del polvoriento abrigo de viaje y sirvió té de canela acompañado de pastelitos. João entabló una conversación intrascendente: le preguntó por el viaje, si había tenido buen clima durante el trayecto y por la manera de preparar el té en su país de procedencia. Pero Hildy se atrabancaba con las respuestas, convencida de que estaba haciendo el ridículo, y cuanto más estaba segura de que sonaba como tonta, más trabajo le costaba decir algo. Al final, tras un silencio particularmente incómodo, João le preguntó:

—¿Hice o dije algo que la ofendiera?

Y Hildy supo que acababa de arruinar la mejor oportunidad que había tenido de hacer un auténtico amigo. Para que João no la viera llorar, se levantó de la mesa y se marchó corriendo a la habitación contigua.

João no la siguió de inmediato, sino que concedió a Hildy unos instantes de intimidad. Ella se retiró a un rincón del estudio y lloró en silencio, tapándose la cara con las manos, furiosa consigo misma y muy, muy avergonzada. Luego, pasados unos minutos, oyó un golpe seco detrás de ella y se dio media vuelta.

Vio el fantasma de una muchacha plantado sobre un escritorio, tirando plumas y papeles al suelo.

—Para ya —le dijo Hildy, enjugándose las lágrimas—. Estás haciendo un desastre en la casa de João.

—Puedes verme —observó la chica.

—Sí, y también veo que eres demasiado mayor para andar molestando con tus travesuras.

—Sí, señora —respondió la chica y, atravesando la pared, desapareció.

—Hablaste con el fantasma —dijo João, y Hildy dio un respingo al verlo de pie en el umbral, observándola.

—Sí, los veo y hablo con ellos. No volverá a molestarte... Hoy no, al menos.

João estaba sorprendido. Se sentó y le contó a Hildy hasta qué punto los fantasmas le hacían la vida imposible: le impedían dormir por las noches, ahuyentaban a las visitas, rompían cosas. Había intentado hablar con ellos, pero no le hacían caso. Una vez incluso llamó a un sacerdote para deshacerse de los espectros, pero eso sólo sirvió para enfurecerlos aún más y aquella misma noche le rompieron más cosas que nunca.

—Debes mostrarte firme con ellos, pero comprensivo —explicó Hildy—. No es fácil ser un fantasma y necesitan sentirse respetados, igual que todo el mundo.

—¿Y tú me harías el favor de hablar con ellos? —preguntó João con timidez.

—Puedo intentarlo, desde luego —repuso Hildy. En ese momento se dio cuenta de que llevaban hablando un buen rato sin que un balbuceo o un silencio incómodo se interpusiera en la conversación.

Hildy puso manos a la obra aquel mismo día. Los fantasmas intentaban esconderse, pero ella sabía qué escondrijos preferían y los fue convenciendo uno a uno de que salieran a charlar con ella. Algunas conversaciones duraban horas, según Hildy argüía e insistía. Mientras tanto, João la observaba con silenciosa admiración. Tardó tres días y tres noches, pero al final Hildy convenció a casi todos los espectros de que abandonaran la casa y suplicó a los pocos que optaron por quedarse que, como mínimo, guardaran silencio mientras João dormía y, si acaso tenían que tirar objetos al suelo, respetasen los recuerdos familiares.

La casa de João se transformó, y también el propio João. Llevaba tres días con sus noches observando a Hildy, y en el transcurso de ese tiempo sus sentimientos por ella se habían tornado más profundos. Hildy también sentía algo por João. Descubrió que conversaba con él de cualquier tema con tranquilidad y ya no albergaba dudas respecto a su mutua amistad. Pese a todo, temía ser una carga o abusar de la hospitalidad del hombre, de modo que al cuarto día de su visita empacó sus cosas y se despidió de João. Había decidido volver a su hogar, mudarse a una casa que no estuviera encantada y tratar de hacer amigos vivos, otra vez.

—Espero que volvamos a vernos —se despidió Hildy—. Te echaré de menos, João. A lo mejor te animas a venir a visitarme tú a mí alguna vez.

—Me encantaría —dijo João.

El coche y el cochero ya estaban aguardando para llevar a Hildy a la estación. La chica dijo adiós con un gesto y echó a andar hacia el carruaje.

—¡Espera! —gritó João—. ¡No te vayas!

Hildy se detuvo y se volvió a mirarlo.

—¿Por qué?

—Porque me he enamorado de ti —confesó João.

En el instante en que oyó esas palabras, Hildy comprendió que ella sentía lo mismo. Subió las escaleras como una exhalación y los dos se fundieron en un abrazo.

Ante eso, incluso el fantasma ahorcado en la barandilla del tercer piso sonrió.

Hildy y João se casaron y ella se trasladó al hogar de su marido. Los pocos fantasmas que quedaban se mostraban amistosos aunque ella ya no necesitaba amigos fantasmales porque contaba con João. Transcurrido algún tiempo tuvieron una hija, luego un hijo, y Hildy se sentía más pletórica de lo que había soñado jamás. Por si fuera poco, cierta noche, a las doce en punto, llamaron a la puerta principal, ¿y a quién encontró Hildy flotando en el porche sino a los fantasmas de sus padres y hermana?

—¡Han vuelto! —exclamó Hildy, radiante.

—Volvimos hace mucho tiempo —le dijo su hermana—, ¡pero te habías mudado! Hemos tardado siglos en encontrarte.

—Eso ya no importa —intervino la madre de Hildy—. Ahora estamos juntos por fin.

En aquel momento, dos niños medio dormidos salieron al porche acompañados de su padre.

—Pai —preguntó la hija pequeña de Hildy a João—. ¿Por qué mamãe habla sola?

—No habla sola —repuso el padre, sonriendo a su esposa—. Cariño, ¿son quienes creo que son?

Hildy abrazó a su marido con un brazo y a su hermana con el otro. Entonces, con el corazón tan lleno que temió que pudiera estallar, hizo las presentaciones entre su familia muerta y su familia viva.

Y vivieron felices por siempre jamás.

Cocobolo

e niño, Zheng adoraba a su padre. Esto sucedió durante el reinado de Kublai Khan en la antigua China, mucho antes de que Europa gobernase los mares, cuando el padre de Zheng, Liu Zhi, era un famoso explorador marítimo. La gente decía que el agua del mar corría por sus venas. A la edad de cuarenta años acumulaba más logros que ningún otro marinero: había cartografiado toda la costa oriental de África, había entablado contacto con tribus desconocidas en el corazón de Nueva Guinea y Borneo, y había tomado posesión de extensos territorios vírgenes en nombre del imperio. Durante esta trayectoria, luchó contra piratas y bandoleros, sofocó un motín y sobrevivió a dos naufragios. Una gran estatua de hierro que miraba al mar con nostalgia le rendía homenaje en el puerto de Tiajin. La estatua era lo único que le quedaba a Zheng de su padre, porque el célebre marino había desaparecido cuando su hijo apenas contaba diez años.

En su última expedición, Liu Zhi había partido en busca de la isla de Cocobolo, considerada legendaria durante siglos.

En Cocobolo, decía la leyenda, los rubíes crecían en los árboles y en los lagos fluía oro líquido. Antes de marcharse, el padre le dijo a Zheng:

—Si acaso no regresara, prométeme que irás a buscarme algún día. ¡No permitas que la hierba crezca bajo tus pies!

Obediente, Zheng formuló la promesa, aunque pensaba que ni el más bravo de los mares podría superar jamás a un hombre como su padre. Pero Liu Zhi no regresó. Transcurrido un año sin que nadie tuviera noticias suyas, el emperador celebró un fastuoso funeral en su honor. Zheng estaba desconsolado y se pasó varios días llorando a los pies de la estatua de su padre. Mientras crecía, sin embargo, Zheng descubrió aspectos de Liu Zhi que, por ser demasiado joven, no había comprendido mientras el hombre estaba vivo, y la opinión que tenía de su padre fue cambiando. Liu Zhi fue un hombre extraño y se tornó aún más peculiar hacia el final de sus días. Corría el rumor de que había enloquecido.

—Todos los días nadaba en el mar durante horas, incluso en invierno —contaba el hermano mayor de Zheng—. Apenas soportaba la vida en tierra firme.

—Tu padre creía que podía hablar con las ballenas —decía el tío de Zheng, Ai, entre risas—. ¡En una ocasión lo oí practicar su lenguaje!

—Quería que nos mudáramos todos a una isla en mitad de la nada —le explicaba su madre—. Le dije: "¡Frecuentamos banquetes en palacio! ¡Alternamos con duques y vizcondes! ¿Por qué renunciaríamos a esos lujos para vivir como salvajes

COCOBOLO

en un pedazo de arena? Después de eso prácticamente dejó de hablarme.

Liu Zhi protagonizó grandes proezas en sus primeros años, decía la gente, pero pasado un tiempo empezó a perseguir quimeras. Organizó una travesía en busca de una tierra habitada por perros parlantes. Hablaba de un lugar situado en el extremo más septentrional del Imperio Romano en el que, según afirmaba, vivían mujeres de apariencia cambiante que sabían detener el tiempo.[1] La sociedad biempensante lo rehuía y al final los nobles dejaron de financiar sus expediciones, así que empezó a financiarlas él mismo. Cuando agotó su fortuna personal, dejando a su mujer y sus hijos prácticamente en la ruina, fantaseó con la posibilidad de encontrar Cocobolo con el fin de apoderarse de sus riquezas.

Zheng había presenciado cómo su padre se hundía en el abismo de sus propias excentricidades y, cuando alcanzó la mayoría de edad, se aseguró de no cometer los mismos errores que Liu Zhi. El agua del mar también corría por las venas de Zheng y se hizo marino igual que su padre, pero con objetivos bien distintos. No capitaneó expediciones a lugares desconocidos ni organizó travesías con el objeto de colonizar territorios vírgenes en nombre del imperio. Zheng tenía los pies en el suelo y espíritu de mercader, y supervisaba una flota de buques

---

[1] Parece que el rumor de las ymbrynes de Inglaterra se extendió por los cinco continentes hasta convertirse en material de leyenda incluso entre no peculiares.

mercantes. Jamás corría el más mínimo riesgo. Evitaba las rutas frecuentadas por piratas y nunca abandonaba las aguas seguras. Y era muy exitoso.

Cuando estaba en tierra firme, llevaba una vida igual de convencional. Acudía a los banquetes de palacio y se relacionaba con las personas adecuadas. Jamás pronunciaba una palabra ofensiva ni expresaba opiniones polémicas. La recompensa por su actitud fue una buena posición social y un ventajoso matrimonio con la sobrina favorita del emperador, una boda que lo dejó a las puertas de la nobleza.

Para proteger lo que había conseguido, Zheng hizo cuanto pudo por desvincularse de su padre. Jamás mencionaba a Liu Zhi. Se cambió de apellido y fingió que no estaban emparentados. Sin embargo, cuanto mayor se hacía Zheng, más le costaba ahuyentar el recuerdo de su padre. Los ancianos de la familia a menudo comentaban lo mucho que los gestos de Zheng recordaban a los de Liu Zhi.

—La misma manera de andar, el mismo porte —decía la tía Xi Pen—. Incluso las palabras que escoges... ¡Tengo la sensación de estar viéndolo a él!

Así que Zheng intentó cambiar. Copió las largas zancadas de su hermano mayor, Deng, al que nadie comparaba con su padre. Antes de hablar, reorganizaba las frases mentalmente y escogía palabras distintas para expresar lo mismo. Pero no podía alterar su rostro, y cada vez que se acercaba al puerto, la enorme estatua de su padre le recordaba a Zheng lo mucho que se parecían. Así que una noche acudió a hurtadillas al muelle pertrechado con un cabo y un cabrestante y, con mucho esfuerzo, retiró la estatua.

Cuando cumplió treinta años empezó a soñar. Lo atormentaban visiones del anciano —famélico, con la tez requemada por el sol y una barba blanca, larga hasta las rodillas; muy distinto al Liu Zhi que recordaba—, que se le aparecía agitando los brazos con desesperación desde la orilla desierta de una árida isla. Zheng se despertaba angustiado a altas horas de la madrugada, con la frente perlada de sudor y atormentado por la culpa. Le había hecho una promesa a su padre y nunca se había planteado la posibilidad de cumplirla.

Ven a buscarme.

Su herborista le preparó un potente brebaje, que Zheng tomaba cada noche antes de irse a dormir y lo sumía en un sopor profundo y sin sueños hasta la mañana siguiente.

Expulsado de sus sueños, el padre de Zheng encontró otras maneras de acosarlo.

Cierto día, Zheng se sorprendió a sí mismo vagando por los muelles, presa del misterioso impulso de saltar al agua y ponerse a nadar, en pleno invierno. Se aguantó las ganas y, durante semanas, no se concedió permiso para mirar siquiera al mar.

Poco tiempo después, capitaneaba un viaje a Shanghai cuando, estando en la bodega, llegó a sus oídos el canto de una ballena. Acercó la oreja al casco y escuchó. Por un instante creyó entender lo que la ballena, con sus largos gemidos de otro mundo, le decía.

¡Co... co... bo... lo!

Se tapó los oídos con algodón, subió a la cubierta y se negó a bajar durante el resto de la travesía. Albergaba el temor secreto de estar perdiendo la cabeza, igual que su padre en el pasado.

De regreso a casa, en tierra firme, tuvo otro sueño, uno que ni siquiera su brebaje nocturno pudo reprimir. En él, Zheng se abría paso por la maleza de una isla tropical mientras una suave lluvia de rubíes lo envolvía. El vapor parecía susurrar su nombre "Zheng... Zheng", y aunque sentía la presencia de su padre a su alrededor, no vio a nadie. Agotado, se sentaba a descansar sobre la hierba, que súbitamente se despegaba de la tierra para envolverlo en un asfixiante abrazo.

Despertó de golpe con una horrenda comezón de pies. Cuando apartó las mantas, descubrió alarmado que los tenía envueltos en hierba. Intentó sacudírsela a manotazos, pero las hojas surgían directamente de su piel. Le brotaban de las plantas.

Aterrorizado ante la posibilidad de que su esposa se diera cuenta, Zheng se levantó de la cama, corrió al baño y se los afeitó.

¿Qué demonios me está pasando?, pensó. La respuesta era más que evidente: estaba enloqueciendo, igual que su padre.

Por la mañana, cuando se levantó, descubrió no sólo que la hierba volvía a envolverle los pies, sino que le habían brotado largas lianas de algas de las axilas. Se encerró en el baño a toda prisa, se arrancó las algas —fue muy doloroso— y se afeitó los pies por segunda vez.

COCOBOLO

Al día siguiente despertó con los apéndices de costumbre en los pies y en las axilas, pero el misterio había dado otra vuelta de tuerca: la cama estaba cubierta de arena. Zheng la había exudado a través de los poros durante la noche.

Se encerró en el baño, se arrancó las algas y se afeitó los pies, todavía convencido de que sólo su propia locura podía explicar el fenómeno. Sin embargo, cuando regresó al dormitorio, la arena seguía allí, por toda la cama, por encima de su esposa, entre su cabello. La mujer ya se había despertado y, muy molesta, hacía vanos esfuerzos por quitársela de encima.

Si ella también la veía, comprendió Zheng, debía ser real. La arena, la hierba, todo aquello. Lo que significaba que, al final de cuentas, no estaba loco. Le estaba pasando algo raro.

Zheng consultó al herborista, que le recetó un apestoso ungüento para que se lo frotara por el cuerpo. Cuando el remedio no funcionó, acudió al cirujano, quien admitió no poder ofrecerle ninguna solución aparte de amputarle los pies y obturarle los poros con pegamento. Zheng rehusó, como es natural, y pidió su opinión a un monje, que accedió a rezar con él. Pero Zheng se quedó dormido mientras oraban y descubrió al despertar que la celda del monje estaba llena de arena. El monje, muy enfadado, lo echó de allí a patadas.

Parecía que el extraño mal de Zheng no tenía cura y los síntomas no hacían sino empeorar. La hierba de sus pies ahora crecía a todas horas, no sólo durante la noche, y por culpa de las algas apestaba más que una playa con la marea baja. Su esposa empezó a dormir en otra habitación. A Zheng le preocupaba que sus socios descubrieran su condición y lo apartaran de la empresa. De ser así, se arruinaría. Desesperado, empezó a considerar la idea de amputarse los pies y taparse los poros con pegamento. Pero entonces, como un súbito destello de la memoria, las últimas palabras que pronunciara su padre antes de partir resonaron en sus oídos.

No permitas que la hierba crezca bajo tus pies.

De repente, aquel misterioso consejo que nunca acabó de entender cobró sentido. Se trataba de un mensaje, un mensaje codificado. El padre de Zheng conocía el destino que le aguardaba a su hijo. ¡Lo sabía porque a él le había sucedido lo mismo! Compartían algo más que un rostro, unos andares y una manera de hablar: también compartían esta extraña dolencia.

"Ven a buscarme", le había dicho. "No permitas que la hierba crezca bajo tus pies".

Liu Zhi no había partido en busca de un tesoro mítico. Se había marchado para encontrar una cura a su mal. Y si Zheng deseaba librarse de aquella peculiaridad y volver a llevar una vida normal, tendría que cumplir la promesa que le hiciera a su padre en la infancia.

Aquella noche, a la hora de la cena, anunció sus intenciones a la familia.

—He decidido organizar un viaje para buscar a nuestro padre —dijo.

Todos reaccionaron con incredulidad. Otros lo habían intentado antes que él sin conseguirlo, le recordaron. El emperador en persona había financiado las travesías, pero nunca se halló el menor rastro del hombre ni de su expedición. ¿Acaso él, un mercader que jamás se había apartado de las seguras rutas comerciales, esperaba tener mejor suerte que los demás?

—Lo conseguiré, ya lo verán —les aseguró Zheng—. Sólo tengo que dar con la isla que mi padre estaba buscando.

—No la encontrarías ni aunque fueras el mejor navegante del mundo —objetó la tía Xi—. ¿Cómo vas a encontrar un lugar que no existe?

Zheng se fue decidido a demostrarle a su familia que se equivocaba. La isla existía y él sabía cómo encontrarla: dejaría de tomar el brebaje y permitiría que sus sueños lo guiaran. Si eso no funcionaba, ¡escucharía a las ballenas!

Su segundo de a bordo trató de disuadirlo también. Aun en el caso de que la isla existiera, razonó, todos los marineros que decían haberla visto juraban que era imposible arribar a ella. Afirmaban que se desplazaba durante la noche.

—¿Cómo piensas desembarcar en una isla que huye? —le preguntó.

—Construyendo el navío más rápido que haya existido jamás —repuso Zheng.

Zheng gastó el grueso de su fortuna en construir aquel barco, al que bautizó con el nombre de *Improbable*. El proyecto lo dejó al borde de la ruina y tuvo que repartir pagarés para contratar a la tripulación.

Su esposa palideció.

CUENTOS EXTRAÑOS PARA NIÑOS PECULIARES

—¡Acabaremos en un asilo! —se lamentó—. ¡Tendré que ponerme a lavar ropa ajena para no morir de hambre!

—Cuando llegue a Cocobolo, llenaré mis bolsillos de rubíes —prometió Zheng—. Seré aún más rico que antes. ¡Ya lo verás!

Por fin, el *Improbable* zarpó. Se rumoraba que Cocobolo estaba al sudeste de Ceilán, en el océano Índico, pero la isla nunca había sido vista dos veces en el mismo lugar. Zheng dejó de tomar el brebaje para dormir y aguardó la llegada de los sueños proféticos. Mientras tanto, el *Improbable* arribó a Ceilán.

Por el camino, preguntaron por Cocobolo a otros barcos.

—La avisté en el horizonte oriental hace tres semanas —dijo un pescador, señalando las aguas—. Hacia el mar Arábigo.

El sueño de Zheng estaba siendo decepcionantemente tranquilo, así que pusieron rumbo al levante. En el mar Arábigo coincidieron con un capitán de navío que afirmó haber visto la isla dos semanas atrás.

—Hacia poniente, cerca de Sumatra —dijo.

Para entonces Zheng había empezado a soñar, pero sus sueños carecían de sentido, de modo que navegaron en dirección oeste. En Sumatra, un hombre les gritó desde un acantilado que Cocobolo había sido oteada por los mares del sudeste, cerca de Thinadhoo.

—La han pasado de largo —informó.

El viaje prosiguió así durante varios meses. La tripulación se estaba poniendo nerviosa y corrían rumores de un motín inminente. El segundo de a bordo suplicó a Zheng que renunciara.

CocoBOLO

—Si la isla existiera realmente, ya habríamos dado con ella a estas alturas —alegó.

Zheng pidió más tiempo. Pasó aquella noche rezando para recibir sueños proféticos y todo el día siguiente, encerrado en la bodega, con la oreja pegada al casco, atento al canto de las ballenas. Ni los cantos ni los sueños se presentaron, y Zheng empezaba a desesperarse. Si regresaba a casa con las manos vacías, estaría en la ruina y ni siquiera tendría el remedio contra su mal. Su mujer lo abandonaría, seguro. Su familia lo repudiaría. Los inversores se negarían a respaldarlo y su negocio se hundiría.

Se encaminó a la proa del barco, desanimado, y contempló las turbulentas aguas verdes. Sintió el impulso, repentino e irresistible, de nadar. En esta ocasión no lo reprimió.

Su cuerpo golpeó el agua con una fuerza inusitada. La corriente, intensa e insoportablemente fría, lo arrastró a las profundidades.

No opuso resistencia. Se estaba ahogando.

De entre la oscuridad surgió un ojo inmenso suspendido en un muro de piel grisácea. Pertenecía a una ballena, que nadaba rauda hacia él. Instantes antes de chocar con Zheng, la ballena se hundió y desapareció de su vista. Igual de súbitamente, Zheng notó algo sólido a sus pies. La ballena lo impulsaba desde abajo hacia la superficie.

Emergieron los dos a la vez. Con los pulmones llenos de agua, Zheng tosió para expulsarla. Alguien le lanzó una soga desde el barco y él se la ató a la cintura; mientras lo arrastraban hacia el navío, oyó que la ballena cantaba debajo de él.

CUENTOS EXTRAÑOS PARA NIÑOS PECULIARES

El canto decía: "Sígueme".

Mientras lo jalaban a cubierta, Zheng vio a la ballena alejarse nadando. Aunque temblaba de frío y le costaba respirar, halló fuerzas para gritar:

—¡Sigan a esa ballena!

El *Improbable* desplegó las velas e inició la persecución. Siguieron a la ballena durante todo el día y luego durante toda la noche, ubicándola a partir del rocío que el animal expulsaba por el espiráculo. Cuando salió el sol, divisaron una isla en el horizonte, una que no aparecía en los mapas.

Tenía que ser Cocobolo.

Pusieron rumbo al islote a la velocidad del viento y, en el transcurso de la jornada, lo que antes fuera una manchita en el horizonte fue aumentando de tamaño. Pero la noche cayó antes de que pudieran alcanzar la costa, y al amanecer la isla volvía a ser un punto en la lejanía.

—Es tal como decían —se maravilló Zheng—. La isla se mueve.

Persiguieron a la isla a lo largo de tres jornadas. Cada día creían estar a punto de atraparla y cada noche se les escapaba. Al cuarto día, un fuerte viento los empujó hacia el islote a toda velocidad y por fin el *Improbable* arribó a la costa. Fondeó en una cala en el instante en que sol se hundía en el horizonte.

Zheng llevaba meses soñando con ver Cocobolo y sus ensoñaciones se habían desbocado. La realidad tenía poco que ver con sus visiones: no había cataratas de oro derramándose en el mar ni laderas rutilantes por efecto de los rubíes que crecían en los árboles. No era más que un tosco islote de vulgares laderas cubiertas de densa vegetación, idéntico en todo a las miles de islas que dejaba atrás en sus viajes. Para mayor decepción, no encontró ni rastro de la expedición de su padre. Había fantaseado con la idea de hallar su barco hundido a medias en una caleta, y al propio anciano, náufrago desde hacía dos décadas, esperándole en la playa con el remedio en la mano. Sin embargo, sólo vio una media luna de arena blanca y un fondo de palmeras que se agitaban al viento.

El barco echó el ancla y Zheng vadeó la costa hasta la orilla con su segundo de a bordo y una avanzada de hombres armados. Se dijo a sí mismo que era demasiado pronto para dejarse llevar por la decepción, pero después de varias horas de buscar no encontraron a Liu Zhi ni el menor signo de asentamiento humano. El desaliento se apoderó de él.

La noche empezaba a caer. Estaban a punto de acampar cuando oyeron un rumor entre los árboles. Una pareja de jaguares surgió de entre la maleza y lanzó un rugido aterrador.

Los hombres se dispersaron. Dispararon flechas a los jaguares, algo que sólo sirvió para enfurecerlos aún más. Un jaguar saltó hacia Zheng, que salió huyendo como alma que lleva el diablo. Corrió a través de la selva hasta perder el resuello. Su ropa estaba hecha jirones a causa de la maleza, y luego se detuvo. Cuando hubo recuperado el aliento, aguzó los oídos con la esperanza de escuchar a sus hombres, pero no oyó el menor ruido. Estaba solo y perdido y pronto oscurecería.

Decidió buscar refugio. Tras caminar un buen rato llegó a un grupo de cuevas. Un aire caliente y húmedo las recorría de lado a lado a intervalos regulares. Le pareció un lugar tan bueno como cualquier otro para pasar la noche y se agachó para entrar.

Cavó un pequeño hoyo y encendió una hoguera. En cuanto el fuego empezó a arder, la tierra tembló a sus pies y un grito ensordecedor brotó de las entrañas de la cueva.

—¡Apágalo! ¡Apágalo! —atronó la voz.

Aterrado, Zheng echó arena sobre las llamas. A medida que el fuego se extinguía, la tierra dejó de temblar.

—¿Por qué me haces daño? —le reprochó la poderosa voz—. ¿Qué te he hecho yo?

Zheng no sabía a quién se dirigía, pero juzgó oportuno contestar.

—¡No pretendía lastimar a nadie! —dijo—. Sólo quería preparar algo para comer.

—Ya, ¿y qué te parecería que yo excavara un hoyo en tu piel y encendiera una hoguera?

La mirada de Zheng se posó en el foso del fuego extinguido, que ahora se estaba llenando rápidamente de oro líquido.

—¿Quién eres? —preguntó la voz.

—Me llamo Zheng. Soy natural de la ciudad portuaria de Tianjin.

Siguió un largo silencio y, acto seguido, una cascada de carcajadas retumbó en la caverna.

—¡Has venido por fin! —dijo la voz—. ¡No sabes cuánto me alegro de verte, querido hijo!

COCOBOLO

—No entiendo nada —se extrañó Zheng—. ¿Quién eres?

—Vaya, ¿no reconoces la voz de tu padre?

—¡Mi padre! —exclamó Zheng, que se volvió a mirar a sus espaldas—. ¿Dónde estás?

Nuevas risotadas resonaron por la cueva.

—¡Por todas partes! —dijo la voz. Un trozo de tierra se elevó junto a Zheng para envolverlo en un abrazo arenoso—. ¡Cuánto te he extrañado, querido Zheng!

Conmocionado, Zheng comprendió que no estaba hablando con un gigante escondido en la caverna sino con la propia cueva.

—¡Tú no eres mi padre! —acusó, zafándose del abrazo—. Mi padre es un hombre... ¡un ser humano!

—Lo era —dijo la voz—. He cambiado bastante, como puedes ver. Pero siempre seré tu padre.

—Pretendes engañarme. Te llamas Cocobolo. Te desplazas por la noche y rellenas tus agujeros de oro líquido. Eso es lo que dicen las leyendas.

—Lo mismo se podría decir de cualquier hombre transformado en isla.

—¿Hay otros como tú?

—Por doquier.[2] Verás, Cocobolo es algo más que una isla. Todos somos Cocobolo. Pero soy tu padre.

---

[2] Las islas vivientes están prácticamente extinguidas del reino peculiar. Si acaso queda alguna, se esconden muy bien. Nadie puede reprocharles que se muestren tan retraídas; la historia afirma que esas islas fueron objeto en

CUENTOS EXTRAÑOS PARA NIÑOS PECULIARES

—Te creeré si me lo demuestras —lo desafió Zheng—. ¿Cuáles fueron tus últimas palabras antes de partir?

—Ven a buscarme —repuso la voz—. Y no permitas que la hierba crezca bajo tus pies.

Zheng cayó de rodillas y se echó a llorar. Era verdad: su padre era la isla y la isla era su padre. Las cavernas eran sus ojos y boca; la tierra era su piel; la hierba, su cabello. El oro que ahora llenaba el hoyo que había excavado Zheng era su sangre. Si su padre había acudido a ese islote en busca de un remedio a su mal, había fracasado. Igual que Zheng. Lo embargó la desesperación. ¿Acaso estaba condenado a convertirse en eso?

—Oh, padre, ¡es horrible, horrible!

—No es horrible —replicó el padre, ofendido—. Me gusta ser una isla.

—¿De veras?

—Tardé un tiempo en acostumbrarme, es cierto, pero lo prefiero mil veces a la alternativa.

—¿Y qué tiene de malo ser un hombre?

Ahora era Zheng el que se sentía insultado.

—Nada en absoluto —repuso el padre—, siempre y cuando ése sea tu destino. Yo no estaba destinado a ser un hombre toda la vida, aunque durante muchos años me negué a aceptarlo. Me opuse con todas mis fuerzas a los cambios que estaba experimentando, los mismos que experimentas tú. Busqué

---

otros tiempos de auténticas sangrías, un proceso tan desagradable y doloroso como sugiere la expresión.

COCOBOLO

la ayuda de los médicos y cuando éstos se revelaron incapaces de ayudarme, partí en busca de culturas lejanas para consultar a brujos y hechiceros, pero nadie pudo detenerlo. Me sentía profundamente desgraciado. Al final no pude soportarlo más y abandoné mi hogar, busqué un mar distante en el que vivir y dejé que mis arenas se multiplicaran, que mis plantas crecieran... y, cielos, qué alivio.

—¿Y de verdad eres feliz así? —preguntó Zheng—. ¿Convertido en un pedazo de selva infestado de jaguares en mitad del mar?

—Lo soy —asintió el padre—. Aunque reconozco que la vida de una isla resulta un tanto solitaria en ocasiones. El único Cocobolo, aparte de mí, que vive en esta parte del mundo es un vejestorio aburrido y los únicos seres humanos que me visitan quieren sacarme la sangre. Pero si mi hijo estuviera a mi lado... ay, mi dicha sería completa.

—Lo siento —replicó Zheng—, pero no he venido para eso. No quiero ser una isla. ¡Quiero ser normal!

—Pero tú y yo no somos normales —insistió el padre.

—Te rendiste demasiado pronto, nada más. ¡Debe haber un remedio!

—No, hijo —respondió la isla, y soltó un suspiro de tal magnitud que el cabello de Zheng voló hacia atrás—. No lo hay. Ésta es nuestra condición natural.

Para Zheng esta noticia era aún peor que una condena de muerte. Abrumado por la desesperación y la rabia, gritó y sollozó. Su padre intentó consolarlo. Creó un lecho de hierba blandita para que Zheng se tumbara. Cuando empezó a llover, inclinó las palmas para que lo protegieran del agua. Y cuando Zheng, exhausto, se quedó dormido, su padre mantuvo a raya a los felinos de la selva con espantosos truenos.

Cuando Zheng despertó por la mañana, había superado su estado de desesperanza. Poseía una voluntad de hierro y se negaba a aceptar que fuera a perder su condición humana. Lucharía por ella, con remedio o sin él, y si hacía falta daría su vida por conservarla. En cuanto a su padre, sólo de pensar en él lo embargaba una tristeza insoportable... así que decidió no dedicarle ni un pensamiento más.

Se levantó y echó a andar.

—¡Espera! —gritó el padre—. Por favor, quédate y únete a mí. Seremos islas gemelas, tú y yo. ¡Formaremos un pequeño archipiélago! Nos haremos mutua compañía. ¡Es nuestro destino, hijo!

—¡No es nuestro destino! —replicó Zheng con amargura—. Tú lo escogiste.

Y se internó en la selva.

El padre no intentó detenerlo, aunque habría podido hacerlo con facilidad. Un gemido apenado surgió de la boca-cueva junto con oleadas de un aliento ardiente que barrieron la isla entera. Mientras más lloraba, las copas de los árboles temblaban y se agitaban, lo que arrancó una suave lluvia de rubíes de las ramas. Recogiendo uno por aquí y otro por allá, Zheng se llenó los bolsillos y, para cuando llegó a la cala y volvió a embarcarse, había recogido suficientes lágrimas paternas como para pagar el sueldo de toda la tripulación y rellenar sus polvorientas arcas cuando regresara a casa.

Sus hombres lo vitorearon a su llegada, pues estaban convencidos de que los jaguares lo habían devorado. A la orden de Zheng, levaron anclas y pusieron rumbo a Tianjin.

—¿Y tu padre? —le preguntó el segundo de a bordo en privado a su capitán.

—Lo doy por muerto —replicó Zheng, lacónico. El otro asintió y no volvió a interrogarlo al respecto.

Incluso mientras Cocobolo se perdía a lo lejos, Zheng seguía oyendo el llanto de su padre. Haciendo esfuerzos por reprimir una poderosa marea de remordimientos, se atrincheró en la proa y se negó a volver la vista atrás.

A lo largo de un día y una noche, un grupo de ballenas minke seguía la estela del *Improbable* sin dejar de cantar:

No te marches.

No te marches.

Eres el hijo de Cocobolo.

Zheng se tapó los oídos y no les hizo caso.

Durante la larga travesía a casa, Zheng empezó a obsesionarse con reprimir la transformación que estaba experimentando. Se afeitaba los pies y se recortaba las algas que le crecían en las axilas. Tenía la piel perpetuamente cubierta del polvillo que exudaba por los poros, así que empezó a llevar cuello alto y mangas largas, y se bañaba a diario en agua de mar.

El día que llegó a casa, antes incluso de saludar a su esposa, Zheng acudió al cirujano. Le ordenó que hiciera lo necesario

CUENTOS EXTRAÑOS PARA NIÑOS PECULIARES

para detener la transformación. El cirujano le administró una potente anestesia. Cuando Zheng despertó, descubrió que le habían rellenado las axilas de alquitrán pegajoso, le habían recubierto la piel con una capa de pegamento para taparle los poros y le habían amputado los pies con el fin de sustituirlos por otros de madera. Zheng se miró al espejo y su imagen le inspiró repugnancia. Estaba horroroso. Pese a todo, se aferró a la sombría ilusión de que el sacrificio le serviría para conservar su condición humana, le pagó al médico y cojeó hasta su casa sobre sus nuevos pies de madera.

Su esposa por poco se desmaya al verlo.

—¿Qué te ha pasado? —gritó.

Zheng inventó la excusa de que había resultado herido mientras rescataba a un hombre en el mar y algo acerca de una alergia al sol tropical para explicar el pegamento de la piel. Contó las mismas mentiras a su familia y a sus socios, junto con el cuento de que había hallado el cuerpo de su padre en Cocobolo.[3] Liu Zhi, les dijo, había muerto. Ellos mostraron más interés en los rubíes que Zheng había traído consigo.

Durante un tiempo, la vida le sonrió. Ya no le crecían extraños apéndices en el cuerpo. Cojeando de acá para allá sobre sus pies de madera, había cambiado una dolencia extraña por otra relativamente normal, y podía vivir con eso. Los rubíes que había recogido no sólo lo hicieron rico sino que también le dieron fama de aventurero: había descubierto la isla de Cocobolo

---

[3] Estrictamente no mintió, porque el cuerpo de su padre *era* Cocobolo.

COCOBOLO

y había regresado para contarlo. Se celebraron banquetes y fiestas en su honor.

Zheng trataba de convencerse de que era feliz. Con la esperanza de acallar la vocecilla interior que lo importunaba de vez en cuando, intentó persuadirse de que en verdad su padre había muerto. "Lo imaginaste todo", se decía. "Es imposible que esa isla fuera tu padre".

Sin embargo, en ocasiones, cuando el negocio lo llevaba a las inmediaciones del puerto, aún alcanzaba a oír el canto de las ballenas, que lo llamaban de vuelta a Cocobolo. De vez en cuando, mientras miraba el mar a través de un catalejo, creía ver una manchita en el horizonte que no era un barco ni ninguna isla cartografiada. Poco a poco, con el transcurso de las semanas, empezó a notar una extraña presión que se le acumulaba dentro. La sensación empeoraba cuando estaba cerca del agua; parecía recordarle a su cuerpo en lo que se quería convertir. Si se plantaba al final del muelle y dejaba vagar la mirada por el mar, sentía cómo la hierba, la arena y las algas que había confinado en sí mismo pugnaban por salir.

Dejó de acercarse al agua. Juró que jamás en la vida volvería a hacerse a la mar. Compró una casa tierra adentro para perder de vista el océano por completo. Pero tampoco aquello bastó: notaba la presión cada vez que se bañaba, se lavaba la cara o lo sorprendía la lluvia. Así que dejó de bañarse y de lavarse la cara, y nunca salía cuando un nubarrón, por insignificante que fuera, ensombrecía el cielo. Ni siquiera se atrevía a beber un vaso de agua entero por miedo a que el líquido encendiera deseos que escaparan a su control. Cuando no tenía más remedio, chupaba un trapo mojado.

—Ni una gota —le dijo a su esposa—. No quiero ver ni una gota en esta casa.

Y el tiempo pasó. Zheng llevaba muchos años sin tocar ni probar el agua. Más viejo y reseco que el polvo, Zheng ahora parecía una gigantesca uva pasa, pero ni sus apéndices ni sus antiguos deseos lo molestaban. Su esposa y él nunca tuvieron hijos, en parte porque el pegamento que lo cubría de pies a cabeza se lo impedía, pero también porque temía pasar la dolencia a la siguiente generación.

Cierto día, Zheng se puso a revisar sus bienes personales con la intención de hacer testamento. En el fondo de un cajón encontró una bolsita de seda y, al ponerla boca abajo, un rubí le cayó en la mano. Había vendido el resto hacía mucho tiempo, pero éste lo había dado por perdido. Y sin embargo allí estaba, frío y sólido en su palma. Antes de ese momento llevaba la mitad de su vida sin pensar en su padre.

Le temblaban las manos. Escondió el rubí donde no pudiera verlo y se dedicó a otros asuntos, pero eso no le ayudó a detener la marea de sentimientos.

Imposible adivinar de dónde procedía el agua. Llevaba tres días sin sorber un trapo siquiera, pero la vista se le empañó y los ojos se le encharcaron, como si el grifo de alguna reserva secreta que llevaba dentro hubiera reventado.

—¡No! —gritó al tiempo que estampaba los puños contra la mesa—. ¡No, no, no!

COCOBOLO

Desesperado, miró a su alrededor en busca de algo con lo que distraerse. Contó de veinte hacia atrás. Cantó una cancioncilla absurda. Pero no logró detenerlo.

Cuando por fin sucedió, el acontecimiento resultó tan banal que se preguntó si no habría exagerado un tanto. Una lágrima le recorrió la mejilla, rodó por su barbilla y cayó al suelo. Zheng se quedó donde estaba, helado, mirando la mancha oscura de la lágrima en la madera.

Durante unos pocos instantes, todo siguió en calma y en silencio. Pero luego aquello que Zheng más temía sucedió. Comenzó con esa terrible presión en su interior que tan bien conocía y que al cabo de un momento se tornó insoportable. Tenía la sensación de que había estallado un terremoto en su cuerpo.

El pegamento que le cubría la piel se agrietó y se desprendió. La arena comenzó a brotar de su piel. La brea que le cegaba las axilas se desintegró y las algas empezaron a crecer a un ritmo vertiginoso. En menos de un minuto habían llenado toda la sala, y Zheng comprendió que debía salir de la casa o la destruiría. Corrió al exterior, donde lo recibió un diluvio.

Cayó en mitad de la calle, rodeado de la arena y las algas que ahora expulsaba a borbotones. La gente huía gritando al verlo. Los pies de madera estallaron y de los muñones surgieron interminables tallos de hierba. El cuerpo de Zheng empezó a crecer, la lluvia y la hierba se mezclaban con la arena para formar la tierra, capas y capas que lo envolvían como piel sobre piel. Pronto fue tan ancho como la calle y tan alto como su casa.

CUENTOS EXTRAÑOS PARA NIÑOS PECULIARES

Una masa de gente se concentró a su alrededor y lo atacó. Zheng se levantó como pudo sobre sus muñones de hierba y echó a correr. Cayó, aplastando una casa bajo su peso. Volvió a incorporarse y siguió avanzando con pesadez. Ahora remontaba una colina con pasos atronadores que dejaban socavones en la tierra.

La turba lo perseguía, acompañada de soldados que le disparaban flechas por la espalda. De las heridas brotaba oro líquido, lo que no hacía sino animar a más gente a unirse al ataque. Mientras tanto Zheng no dejaba de crecer, y pronto abarcó dos calles a lo ancho, tres casas a lo alto. Su forma se tornaba inhumana a pasos agigantados, los brazos y las piernas fundidos con la inmensa bola de tierra que se le acumulaba en el tronco.

Llegó al final de la calle sobre unos muñones minúsculos que apenas lo sostenían. Instantes después la tierra engulló los muñones y, a falta de algo que lo mantuviera en pie, la forma esférica de Zheng echó a rodar por el otro lado; despacio al principio, a toda velocidad después. Conforme avanzaba, imparable, aplastaba casas, carros y gente a su paso, sin dejar de crecer.

Rodó hasta el puerto, cayó sobre un muelle entre una lluvia de astillas y por fin, creando una ola que inundó los barcos de las inmediaciones, saltó al mar. Sumergido y a la deriva, empezó a crecer aún más deprisa que antes; su hierba, tierra, arena y algas se esparcían sobre el agua formando una pequeña isla. La transformación lo dejó tan agotado que no reparó en la proximidad de varios buques de guerra del emperador. Sí notó, en cambio, cuando los cañones empezaron a dispararle.

COCOBOLO

Experimentó un dolor insoportable. El sol arrancó destellos dorados al mar, teñido ahora de su sangre. Pensó que su vida estaba a punto de terminar... hasta que oyó una voz conocida.

Era su padre, que lo llamaba.

Cocobolo se abrió paso entre los buques de guerra con un rugido atronador. Su estela volcó los barcos del emperador como si fueran juguetes. Zheng notó que algo lo asía bajo la superficie del agua y, antes de que se diera cuenta, su padre lo estaba arrastrando a alta mar. Una vez a salvo del peligro, cuando reinó la calma, Cocobolo usó palmeras dobladas para catapultar tierra allí donde las balas de cañón habían atravesado a su hijo.

—Gracias —dijo Zheng. Su voz había mudado en un murmullo grave que procedía de no se sabe dónde—. No merezco tu bondad.

—Pues claro que la mereces —replicó su padre.

—Me has estado observando —dijo Zheng.

—Sí —reconoció su padre.

—¿Todos estos años?

—Sí —repitió Cocobolo—. Tenía el presentimiento de que necesitarías mi ayuda algún día.

—Pero te traté con crueldad.

Su padre guardó silencio un momento. Luego dijo:

—Eres mi hijo.

Zheng había dejado de sangrar pero ahora experimentaba un dolor más intenso: un terrible remordimiento. Estaba acostumbrado a sentirse avergonzado, pero este tipo de vergüenza era diferente. Lo abochornaba la ternura que le estaban dispensando. Lo abochornaba lo mal que había tratado a su pobre padre. Pero, por encima de todo, lo abochornaba lo mucho que se había avergonzado de sí mismo y aquello en lo que este sentimiento lo había convertido.

—Perdóname, padre —sollozó Zheng—. Lo siento mucho.

Mientras lloraba, Zheng notaba cómo se expandía, cómo la arena, la hierba y la tierra reptaban hacia el exterior, cómo las algas se espesaban hasta crear un bosque submarino. El arrecife de coral que rodeaba a su padre se enganchó al arrecife que empezaba a formarse alrededor de Zheng y, con un tirón suave, el anciano Cocobolo arrastró al más joven hacia el lejano horizonte.

—Hay un sitio precioso cerca de Madagascar donde podremos reposar sin peligro —sugirió el anciano—. Me parece que necesitas echarte una buena siesta.

Zheng se dejó llevar y, con el paso de los días, empezó a experimentar algo maravilloso y completamente nuevo.

Se sentía en paz consigo mismo.

Las palomas de la catedral

———•◆•———

Nota del editor:

La historia de las palomas y su catedral es una de las más antiguas del folclore peculiar y ha adoptado formas radicalmente distintas a lo largo de los siglos. Si bien las versiones más conocidas describen a las palomas como obreras de la construcción, yo considero mucho más interesante el papel de destructoras que tienen en esta adaptación.

M. N.

ace mucho tiempo, en una época peculiar, mucho antes de que hubiera torres, campanarios o cualquier tipo de edificio alto en la ciudad de Londres, todas las palomas vivían en las copas de los árboles, un espacio que les permitía mantenerse al margen del alboroto y las disputas de la sociedad humana. Les traía sin cuidado el tufo que emanaban las personas, los extraños ruidos que surgían de sus bocas o el alboroto que armaban por cualquier cosa, pero les encantaban los restos perfectamente comestibles que dejaban por la calle o tiraban en los cubos de basura. Así pues, a las palomas les gustaba vivir cerca de los seres humanos, pero no demasiado cerca. Entre cinco y diez metros por encima de sus cabezas se consideraba la distancia ideal.

Sin embargo, la ciudad de Londres empezó a crecer —no sólo a lo ancho sino también a lo alto— y los seres humanos comenzaron a construir torres de vigilancia, iglesias con campanarios y otras edificaciones que invadían aquello que las palomas consideraban sus dominios. De manera que estas aves convocaron una reunión, y varios cientos de ellas se reunieron en una isla desierta en mitad del río Támesis[1] para decidir cómo abordar el problema de los humanos y sus edificios cada vez más altos. Como las palomas creían en la democracia, cada cual expuso su punto de vista y luego sometieron la cuestión a votación. Un pequeño contingente votó por acoger a los humanos y compartir el aire. Una facción más reducida abogó por marcharse de Londres y buscar algún otro sitio menos abarrotado dónde vivir. Pero la mayoría votó por declararles la guerra.

Como es natural, las palomas ya sabían que no podían ganar una guerra contra los humanos, y tampoco lo pretendían. (¿Quién iba a dejar restos de comida por ahí si los humanos

---

[1] Actualmente conocida como la Isla de Eel Pie, los peculiares llevan reuniéndose allí desde hace siglos. El rey Enrique VIII sentía predilección por ella y, en el siglo XX, hippies, anarquistas y músicos de rock acudían allí en manada.

LAS PALOMAS DE LA CATEDRAL

morían?) Pero estos pájaros son expertos en el arte del sabotaje y, valiéndose de una astuta combinación de pequeños asedios y vandalismo, iniciaron una lucha destinada a durar siglos con el objeto de relegar a las personas al nivel del suelo, donde debían estar. Al principio les resultó fácil, porque los seres humanos lo construían todo de madera y paja. Bastaba con depositar unas cuantas ascuas en un tejado de paja para reducir cualquier edificio enojosamente alto a cenizas. Pero las personas los reconstruían —con una obstinación desconcertante—, así que las palomas acabaron incendiando cualquier estructura que alcanzara más de dos pisos tan deprisa como los humanos las erigían.

Al final, los humanos aprendieron la lección y empezaron a construir torres y campanarios de piedra, que son mucho más difíciles de quemar; las palomas, por su parte, decidieron cambiar de táctica y se dedicaron a molestar. Picoteaban las cabezas de los obreros, derribaban andamios y se cagaban en los planos de los arquitectos. Y si bien consiguieron retrasar un poco las obras de construcción, no las detuvieron. Pasados algunos años, una espléndida catedral de piedra se erguía más alta que cualquier árbol de Londres. Las palomas consideraban el templo una ofensa para los ojos y una afrenta a su supremacía celeste. Cada vez que lo veían, farfullaban enfadadas.

Por suerte para ellas, los vikingos pronto saquearon la ciudad y derribaron la catedral... junto con buena parte de Londres. A las palomas les caían muy bien los vikingos, que despreciaban los edificios de varias plantas y dejaban sabrosa basura por todas partes. Pero al cabo de unos años los vikingos se marcharon y los constructores de campanarios pusieron manos a la obra otra vez. Escogieron un monte con vistas al río y erigieron allí una catedral inmensa, una que empequeñecía cualquier construcción anterior. La llamaron "la Catedral de San Pablo". Una y otra vez intentaron las palomas reducirla a cenizas, pero los seres humanos habían destinado una pequeña patrulla de bomberos a la protección del templo, y todos los atentados de las palomas fracasaron.

Frustradas y enfadadas, las palomas empezaron a provocar incendios en los vecindarios colindantes, aprovechando las noches en que el viento racheado soplaba en dirección a la catedral, con la esperanza de que las llamas se extendieran. La madrugada del 2 de septiembre de 1666, sus esfuerzos se vieron desastrosamente recompensados. Un palomo llamado Nesmith prendió fuego a una panadería situada a menos de un kilómetro de San Pablo. Mientras la panadería se consumía, un viento huracanado impulsó las llamas colina arriba directamente hasta el templo. Ardió hasta la última piedra —naves, campanario, todo— y, tras cuatro días de destrucción, el mismo destino sufrieron ochenta y siete iglesias más y cerca de diez mil hogares. La ciudad quedó reducida a escombros humeantes.[2]

Las palomas no pretendían causar semejante devastación y se sintieron fatal por lo que habían hecho. Desde un punto

_____

[2] Algunos relatos del incendio retratan a las palomas avivando las llamas con sus alas. Un momento en verdad lamentable de la historia peculiar.

LAS PALOMAS DE LA CATEDRAL

de vista emocional, el acto poco tenía que ver con los ataques vikingos. Si bien el daño venía a ser el mismo, sólo ellas habían sido las responsables. Convocaron una reunión y discutieron si abandonar la ciudad de Londres. Puede que ya no merecieran vivir allí, argüían algunas. La votación acabó en empate y decidieron volver al día siguiente para seguir debatiendo la cuestión. Aquella misma noche comenzaron las represalias. Un contingente de humanos atribuyó a las palomas la autoría del incendio y decidió expulsarlas. Empaparon migas de pan en arsénico e intentaron envenenarlas. Cortaron los árboles en los que solían descansar y destruyeron sus nidos. Las perseguían con escobas y mazas, y les disparaban con mosquetes. Después de eso, ni una sola paloma estaba dispuesta a dejar la ciudad; eran demasiado orgullosas. En vez de eso, votaron por retomar la lucha.

Las palomas picoteaban y soltaban cagarrutas, propagaban enfermedades y buscaban la desdicha de los seres humanos de mil formas distintas. Éstos, a su vez, incrementaron los niveles de violencia contra las aves. A decir verdad, las palomas poco podían hacer aparte de fastidiar a las personas, pero cuando se iniciaron los trabajos de reconstrucción de la catedral —el símbolo mismo de la arrogancia humana—, las palomas les declararon una guerra sin cuartel. Miles de ellas descendieron hasta la obra, arriesgando la vida y las alas para ahuyentar a los trabajadores. Una batalla campal entre pájaros y humanos se declaraba día tras día y por más palomas que mataran las personas, siempre aparecían más. Llegaron a un callejón sin salida.

Las obras se interrumpieron; parecía que nunca se erigiría otra catedral allí donde antes despuntaba San Pablo y que las palomas serían perseguidas y asesinadas para siempre.

Pasó un año. Las aves seguían luchando, su población mermando, y si bien los seres humanos reconstruían el resto de la ciudad sin descanso, parecían haber renunciado a levantar la catedral. Pese a todo, la violencia proseguía, porque el odio entre humanos y palomas estaba ya muy enraizado.

Un día, mientras los pájaros celebraban una reunión en su isla, llegó un bote ocupado por un solo ser humano. Las palomas se asustaron y estaban a punto de abalanzarse sobre él cuando el hombre levantó los brazos y gritó:

—¡Vengo en son de paz!

Las aves pronto descubrieron que aquel hombre no era como los demás —chapurreaba mal que bien los gorjeos y los arrullos de la lengua materna de las palomas—. Sabía mucho sobre pájaros, afirmó, y se especializaba en pájaros peculiares porque su madre fue una de ellos. Aún más: simpatizaba con su causa y quería negociar la paz.

Las palomas se quedaron estupefactas. Lo sometieron a voto y decidieron no arrancarle los ojos, al menos no enseguida. Lo interrogaron. El hombre se llamaba Wren y era arquitecto. Sus semejantes le habían pedido que intentara reconstruir la catedral en la colina una vez más.

—Estás perdiendo el tiempo —dijo Nesmith, el perpetrador del incendio y líder de las palomas—. Demasiados de los nuestros han dado la vida por esa causa.

LAS PALOMAS DE LA CATEDRAL

—Desde luego que nada se construirá si antes no hemos firmado la paz —respondió Wren—, y no habrá paz si no hay acuerdo. He venido a proponer un pacto entre mi especie y la de ustedes. Para empezar, reconocemos que las alturas son sus dominios y no construiremos nada sin su permiso.

—¿Y por qué les habríamos de otorgar nuestro permiso?

—Porque este nuevo edificio será distinto a todos los que lo han precedido. No lo construiríamos para uso y disfrute de los seres humanos exclusivamente. También será para ustedes.

Nesmith se echó a reír.

—¿Y para que queremos nosotros un edificio?

—Nesmith —intervino otra paloma—, si tuviéramos una casa, podríamos refugiarnos del frío y la lluvia cuando hiciera mal tiempo. Podríamos descansar, empollar los huevos y estar calentitos.

—¡No si hubiera humanos por allí cerca haciéndonos la vida imposible! —replicó Nesmith—. Necesitamos un espacio propio.

—¿Y si les prometiera una cosa? —propuso Wren—. Construiré una catedral tan alta que los humanos no sentirán el menor interés en utilizar la mitad superior.

Wren no se limitó a las promesas. Regresó día tras día para comentar los planos con los pájaros e incluso los alteró para satisfacer los caprichos de las palomas. Éstas le exigieron toda clase de recovecos, rendijas, torres y arcadas absolutamente inútiles para los humanos pero que las palomas consideraban más confortables que una sala para pájaros, y Wren accedió. Incluso

CUENTOS EXTRAÑOS PARA NIÑOS PECULIARES

les prometió incluir una entrada especial para ellas a muchos metros del suelo e inaccesible para cualquiera que careciera de alas. A cambio, las palomas prometieron no interferir en las obras de construcción y, una vez que la catedral estuviera terminada, no hacer demasiado ruido durante las misas ni cagarse encima de los fieles.

Y así fue como se firmó un tratado histórico. Las palomas y los humanos declararon terminada la guerra y siguieron fastidiándose con simplezas como habían hecho siempre. Wren construyó su catedral —la catedral de todos—, un edificio majestuoso e imponente, y las palomas nunca más intentaron destruirla. De hecho, estaban tan orgullosas de San Pablo que juraron protegerla, y hasta ahora lo siguen haciendo. Si acaso estalla un incendio, ellas acuden en tropel a sofocarlo con las alas. Expulsan a los vándalos y a los ladrones. Durante la gran guerra, escuadrones de palomas desviaban las bombas en el aire para que no cayeran sobre el templo. Podríamos afirmar sin temor a equivocarnos que San Pablo no seguiría en pie de no ser por sus cuidadoras aladas.

Wren y las palomas se juraron amistad eterna. Durante el resto de su vida, el arquitecto más querido de Inglaterra no fue a ninguna parte sin llevar consigo una paloma para pedirle consejo. Incluso después de su muerte acudían los pájaros a visitarlo de vez en cuando a ras de tierra. Actualmente, la catedral todavía se yergue sobre la ciudad de Londres, bajo la atenta mirada de las palomas peculiares.

La encantadora de pesadillas

abía una vez una niña llamada Lavinia cuyo mayor deseo en la vida era llegar a ser médico, igual que su padre. No sólo tenía buen corazón y una inteligencia despierta sino que le encantaba ayudar a los demás. Poseía cuanto hace falta para convertirse en una doctora excelente, pero su padre insistía en que eso no era posible. Él también tenía buen corazón y únicamente pretendía ahorrarle a su hija una decepción: en aquella época no había doctoras en Estados Unidos. La idea de que aceptaran a una mujer en la Facultad de Medicina era inconcebible, así que el hombre intentó orientarla hacia ambiciones más realistas.

—Hay otras maneras de ayudar a los demás —le decía—. Podrías hacerte maestra.

Pero Lavinia odiaba a sus maestros. En el colegio, mientras los chicos estudiaban ciencias, Lavinia y las otras niñas aprendían a tejer y a cocinar. Pese a todo, Lavinia no se daba por vencida. Robaba los libros de ciencias a sus compañeros y los memorizaba. Cuando su padre examinaba pacientes en el consultorio, lo espiaba por el ojo de la cerradura, y siempre lo fastidiaba con preguntas sobre su trabajo. Diseccionaba ranas que atrapaba en el jardín para saber qué aspecto tenían por dentro. Algún día, prometió, descubriría la cura de alguna enfermedad. Algún día sería famosa.

No podía imaginar lo pronto que llegaría ese día ni qué forma adoptaría. Su hermano pequeño, Douglas, siempre había sufrido pesadillas, que últimamente estaban empeorando. A menudo despertaba gritando, convencido de que unos monstruos lo acechaban para devorarlo.

—Los monstruos no existen —le dijo Lavinia una noche para consolarlo—. Cuando te vayas a dormir, piensa en animalitos o imagina a Cheeky correteando por el prado —propinó unas palmaditas a su viejo sabueso, que yacía acurrucado a los pies de la cama. Al día siguiente, cuando Douglas se fue a dormir, intentó pensar en Cheeky y en unos pollitos, pero en sus sueños el perro se transformaba en un monstruo que les arrancaba la cabeza a los pollitos de un bocado, y el niño despertó gritando una vez más.

Temiendo que Douglas estuviera enfermo, el padre le examinó los ojos, las orejas y la garganta, y luego le buscó ronchas en la piel, pero no parecía que el niño sufriera ningún problema físico. Los terrores nocturnos de Douglas empeoraron tanto que Lavinia decidió examinar a su hermano por su cuenta, por si acaso su padre había pasado algo por alto.

—Pero tú no eres médico —protestó Douglas—. Sólo eres mi hermana.

—Cállate y no te muevas —replicó ella—. Di "aaahhh".

Le inspeccionó la garganta, la nariz y las orejas con atención, y en lo más profundo de un oído, con ayuda de una linterna, atisbó una extraña materia negra. Introdujo el dedo en el conducto, lo agitó y, cuando lo extrajo, un hilillo de una pasta negruzca, parecido a una cuerda llena de hollín, se le había enrollado a la yema. Cuando separó la mano, Lavinia arrancó del oído de Douglas casi un metro de esa materia.

—¡Eh, me haces cosquillas! —protestó él entre risas.

Lavinia cerró el puño para esconder el hilo. La hebra se revolvió allí dentro, como si estuviera viva.

La niña se la enseñó a su padre.

—Qué raro —comentó él mientras la examinaba a la luz.

—¿Qué es? —preguntó Lavinia.

—No estoy seguro —repuso él frunciendo el ceño. El hilo había escapado de la mano del médico para reptar hacia Lavinia—. Pero creo que le caes bien.

—¡A lo mejor acabo de hacer un gran descubrimiento! —opinó ella, emocionada.

—Lo dudo —respondió su padre—. En cualquier caso, no es nada que deba preocuparte.

Le plantó unas palmaditas en la cabeza, guardó la hebra en un cajón y la encerró bajo llave.

—A mí también me gustaría examinarlo —protestó Lavinia.

—Es la hora de comer —replicó el padre, y empujó a su hija al pasillo.

Ella, enojada, se fue a su recámara con pasos duros. El asunto habría quedado ahí de no haber sido por un detalle: Douglas no sufrió pesadillas esa noche ni otra después, y atribuyó su recuperación exclusivamente a su hermana.

Su padre no estaba tan seguro. Poco tiempo después, sin embargo, uno de sus pacientes se quejó de que los malos sueños le impedían conciliar el sueño y, como ninguna de sus recetas dio resultado, el médico se resignó de muy mala gana a pedirle a su hija que echara un vistazo al oído del enfermo. Lavinia, que sólo tenía once años y era bajita para su edad, se puso de pie sobre una silla para poder mirar. Y ahí estaba, esa misma materia negruzca que su padre no podía ver. Introdujo el meñique en el conducto, lo agitó un poco y sacó otro hilillo de la oreja del paciente. Pero este cordel era tan largo y estaba tan adherido que para extraerlo tuvo que bajar del taburete, clavar los talones en el suelo y estirar con ambas manos. Cuando el hilo cedió por fin, Lavinia cayó de espaldas al suelo arrastrando consigo al paciente, que resbaló de la camilla.

Su padre agarró la hebra negra y la guardó en el cajón junto con la otra.

—¡Pero si es mía! —protestó Lavinia.

—Es suya, en realidad —dijo el padre a la vez que ayudaba al hombre a levantarse—. Vete a jugar con tu hermano.

El hombre regresó al cabo de tres días. No había sufrido ni una sola pesadilla desde que Lavinia le había extraído el hilo de la oreja.

La encantadora de pesadillas

—¡Su hija obra milagros! —declaró. Se dirigía al padre de Lavinia, pero su sonrisa era para ella.

Corrió la voz de que Lavinia poseía un don extraordinario y la casa del médico empezó a recibir una visita detrás de otra. Todos querían que la niña los librara de sus pesadillas. Ella estaba entusiasmada; quizá así era como estaba destinada a ayudar a los demás.[1]

Su padre, no obstante, les pidió a todos que se marcharan. Cuando ella quiso saber por qué, se limitó a decir:

—Es impropio de una dama hurgar en los oídos de desconocidos.

Lavinia sospechó que la negativa del doctor se debía a otra razón: ella recibía más visitas que su padre. Estaba celoso.

Dolida y frustrada, Lavinia dio tiempo al tiempo. Y quiso la suerte que al cabo de unas semanas su padre tuviera que ausentarse para atender un asunto urgente. La petición llegó de improviso y el padre no tuvo tiempo de pedirle a nadie que cuidara de los niños.

---

[1] Abundan los manipuladores de sueños en la historia peculiar, pero sólo uno compartía el talento de Lavinia para materializar la intangible materia de los sueños. Se llamaba Cyrus y se dedicaba a robar los sueños bonitos: los necesitaba para sobrevivir, y saltó a la fama por hurtar la felicidad de pueblos enteros, uno por uno, cada noche en una casa distinta.

—Prométeme que no... —dijo su padre, y se señaló la oreja. (No sabía cómo referirse a lo que hacía su hija y, de todas formas, no le gustaba hablar de ello.)

—Lo prometo —respondió Lavinia con los dedos cruzados detrás de la espalda.

El médico besó a sus hijos, agarró las maletas y se marchó. Apenas llevaba unas horas ausente cuando llamaron a la puerta. Lavinia acudió a la entrada y allí, plantada en el porche, encontró a una muchacha de expresión lúgubre, pálida como un fantasma. Unas ojeras negras le rodeaban los ojos atormentados.

—¿Eres tú la que sabe cómo deshacerse de las pesadillas? —preguntó con timidez.

Lavinia la hizo pasar. La consulta de su padre estaba cerrada con llave, así que condujo a la joven al salón, le pidió que se tumbara en el sofá y le extrajo una larga hebra de cordel negro de la oreja. Cuando terminó, la joven lloró de agradecimiento. Lavinia le tendió un pañuelo, rehusó cobrarle nada y la acompañó a la salida.

Cuando cerró la puerta, Lavinia se dio media vuelta y descubrió que Douglas la estaba observando desde el pasillo.

—Papá te dijo que no lo hicieras —le reprochó su hermano, muy serio.

—Es asunto mío, no tuyo —replicó Lavinia—. No se lo vas a decir, ¿verdad?

—Puede que sí —repuso él con malicia—. Todavía no lo he decidido.

La encantadora de pesadillas

—Si lo haces, volveré a meterte esto donde lo encontré.

Levantó el cordel de pesadilla y fingió introducirlo en el oído de Douglas, que se marchó corriendo.

Lavinia seguía en el mismo sitio, sintiéndose un tanto culpable por haber asustado a su hermano, cuando el cordel que sostenía se incorporó como una serpiente encantada y señaló al pasillo.

—¿Qué pasa? —preguntó ella—. ¿Quieres ir a alguna parte?

Lavinia siguió las indicaciones del hilo. Cuando llegó al final del corredor, la pesadilla señaló a la izquierda, hacia el consultorio de su padre. Al llegar a la puerta cerrada, la hebra se alargó hacia la cerradura. Lavinia la levantó y la dejó reptar por el interior de la cerradura. Instantes después la puerta se abrió con un chasquido.

—¡Cielos! —exclamó Lavinia—. Eres una pesadilla muy lista, ¿eh?

Entró en el despacho y cerró la puerta. La hebra salió por el otro lado, cayó en la mano de la niña e indicó a la otra punta de la habitación, concretamente el cajón en el que su padre había guardado el resto de cordeles. ¡La pesadilla quería estar con sus amigas!

Lavinia sintió una punzada de remordimiento, pero enseguida se la quitó de encima —al fin y al cabo, las pesadillas sólo estaban reclamando lo que era suyo—. Cuando llegó al cajón, el hilo repitió el truco de la cerradura y el cajón se abrió. Al verse, la nueva hebra y las antiguas se crisparon y retrocedieron un poco. Luego empezaron a moverse en círculos, con

Cuentos extraños para niños peculiares

aire inseguro, olisqueándose mutuamente como hacen los perros. Cada una decidió que la otra era una amiga y con presteza se mezclaron todas hasta formar un ovillo del tamaño de un puño.

Lavinia se rió y aplaudió. ¡Qué maravilla! ¡Qué prodigio!

Durante todo el día los pacientes no pararon de acudir a casa de Lavinia en busca de ayuda: una madre atormentada por sueños del hijo que había perdido, niños acompañados de padres preocupados, un anciano que cada noche revivía escenas de la sangrienta guerra en la que había participado hacía medio siglo. Lavinia extrajo montones de pesadillas y las añadió a la maraña. Al cabo de tres días, la bola tenía el tamaño de una sandía. Al cabo de seis, era tan grande como su perro, Cheeky, que le enseñaba los dientes al ovillo y le gruñía cada vez que lo veía. (Cuando la bola le gruñó a su vez, Cheeky saltó por una ventana abierta y no volvió.)

Por la noche, Lavinia se quedaba despierta hasta muy tarde examinando la madeja. La empujaba, le clavaba un dedo y observaba fragmentos por el microscopio. Leía atentamente los libros de medicina de su padre buscando alguna mención a un hilillo que se alojara en el canal auditivo, pero no encontró nada. Eso significaba que Lavinia acababa de realizar un descubrimiento científico: ¡que quizá la propia Lavinia era un fenómeno de la ciencia! Loca de la emoción, soñaba con abrir una clínica que le permitiera usar su don para ayudar a muchísima gente. Todo el mundo, desde mendigos a presidentes, acudiría a verla y algún día, quizás, ¡las pesadillas serían cosa del pasado! La idea la hacía tan feliz que se pasó varios días prácticamente en las nubes.

Mientras tanto, su hermano la evitaba la mayor parte del tiempo. El ovillo lo ponía muy nervioso: su ajetreo constante, incluso cuando estaba parado; el sutil pero desagradable tufo a huevos podridos que emanaba; el zumbido grave y regular que emitía, imposible de ignorar por la noche, cuando reinaba el silencio en la casa. La manía que tenía la maraña de seguir a su hermana a todas partes, pisándole los talones como un perrito faldero: por las escaleras, de subida y de bajada; a la cama; a la mesa del comedor, donde esperaba paciente los restos que Lavinia le daba; incluso al cuarto de baño, cuya puerta golpeaba hasta que la niña salía.[2]

—Deberías deshacerte de esa cosa —le aconsejó Douglas—. Sólo es porquería sacada de la mente de otras personas.

—Me gusta tener cerca a Baxter —repuso Lavinia.

—¿Le pusiste nombre?

Ella se encogió de hombros.

—Creo que es lindo.

---

[2] Mucho se ha escrito acerca de este pasaje, que algunos interpretan como la prueba de que el origen de la bola de Lavinia es demoniaco y que la propia Lavinia es una especie de exorcista de los sueños. Yo, personalmente, opino que todas esas ideas son tonterías y que algunos supuestos eruditos ven demasiadas películas de terror en sus horas libres. El ovillo sólo tiene unos hábitos desagradables, nada más.

CUENTOS EXTRAÑOS PARA NIÑOS PECULIARES

Pero la verdad es que Lavinia no sabía cómo deshacerse de él. Había intentado encerrarlo en un baúl para poder ir al pueblo sin que rodara detrás de ella, pero la bola había reventado la cerradura para escapar. Le había gritado y se había enfadado con él, pero Baxter sólo brincaba emocionado por la atención que le dispensaba. Una vez intentó encerrarlo en un saco, llevarlo a las afueras de la ciudad y tirarlo al río, pero Baxter se las ingenió para escapar y regresó esa misma noche, se coló por la ranura del buzón, rodó escaleras arriba y saltó sobre el pecho de la niña, empapado y sucio. Al final, a Lavinia se le había ocurrido ponerle nombre al inteligente ovillo de pesadillas para que su constante presencia no resultara tan inquietante.

Llevaba varios días saltándose las clases pero, transcurrida una semana, no podía faltar más. Sabía que Baxter la seguiría y, para no tener que explicar la presencia de su ovillo de pesadillas a maestros y compañeros de clase, lo guardó en una bolsa, se la colgó en el hombro y lo llevó a la escuela. Siempre y cuando ella tuviera la bolsa cerca, Baxter guardaría silencio y no causaría dificultades.

Sin embargo, Baxter no era su único problema. Rumores relativos al talento de Lavinia habían circulado entre sus compañeros y, cuando el maestro no miraba, un chico abusivo de rostro gordinflón llamado Glen Farcus le plantó a Lavinia en la cabeza un sombrero de bruja hecho de papel.

—¡Me parece que esto es tuyo! —dijo, y todos los niños se rieron.

Ella se arrancó el gorro y lo tiró al suelo.

—No soy una bruja —cuchicheó—. Soy médico.

—¿Ah, sí? —replicó él—. ¿Y por eso te envían a clase de costura mientras los chicos estudiamos ciencias?

Los alumnos se rieron tanto que el maestro perdió la paciencia y los castigó obligándolos a copiar entradas del diccionario. Mientras trabajaban en silencio, Lavinia introdujo la mano en la bolsa, le arrancó una hebra a Baxter y le susurró algo. El hilo reptó por la pata del pupitre, se arrastró por el suelo, subió a la silla de Glen Farcus y se introdujo en su oído.

El niño no se dio cuenta. Nadie lo hizo. Pero al día siguiente Glen llegó a la escuela pálido y tembloroso.

—¿Qué te pasa, Glen? —le preguntó Lavinia—. ¿Has dormido mal esta noche?

El niño abrió mucho los ojos. Pidió permiso para salir del aula y no regresó.

Por la noche, Lavinia y Douglas recibieron la noticia de que su padre estaría de vuelta al día siguiente. Lavinia sabía que debía encontrar la manera de ocultarle la existencia de Baxter, al menos durante un tiempo. Recurriendo a lo aprendido en la horrible clase de labores del hogar, desenredó a Baxter, tejió unos calcetines largos con él y se los enfundó en los pies. Aunque los calcetines picaban horrores, no creía que su padre se percatara de nada.

El hombre llegó a la tarde siguiente, cansado y acalorado del viaje. Después de abrazar a sus dos hijos, le pidió a Douglas que se marchara para poder hablar a solas con Lavinia.

CUENTOS EXTRAÑOS PARA NIÑOS PECULIARES

—¿Te has portado bien? —le preguntó el padre.

De repente, a Lavinia le picaron mucho las piernas.

—Sí, papá —respondió mientras se rascaba un pie contra el otro.

—Pues estoy orgulloso de ti —declaró el padre—. Sobre todo porque, antes de marcharme, no supe explicarte bien por qué no quiero que emplees tu don. Pero creo que ahora podré hacerlo mejor.

—¿Ah? —dijo Lavinia. Apenas si le prestaba atención; le hacía falta toda su fuerza de voluntad y concentración para no agacharse y empezar a rascarse con fuerza.

—Una pesadilla no es lo mismo que un tumor o una extremidad gangrenada. Son desagradables, claro que sí, pero en ocasiones las cosas desagradables están ahí por una razón. Puede que no haya que extirparlas todas.

—¿Me estás diciendo que a veces las pesadillas son buenas? —preguntó Lavinia. Había conseguido aliviar la picazón frotando un pie contra la dura pata de la silla.

— Buenas, no exactamente —repuso el padre—. Pero creo que algunas personas merecen sus pesadillas y otras no. ¿Cómo vas a distinguir a unas de otras?

—Puedo hacerlo —afirmó Lavinia.

—¿Y si te equivocas? —insistió el padre—. Ya sé que eres muy lista, Vinni, pero a veces la inteligencia nos traiciona.

—En ese caso, las devolveré a su sitio.

Su padre la miró extrañado.

—¿Puedes devolver las pesadillas a su sitio?

—Sí, yo... —estuvo a punto de contarle el incidente de Glen Farcus, pero cambió de idea—. Creo que sí.

El hombre inspiró profundamente.

—Es demasiada responsabilidad para una niña de tu edad. Prométeme que no intentarás hacer nada hasta que seas mayor. Mucho mayor.

La picazón se había tornado tan insoportable que Lavinia escuchaba sólo a medias.

—¡Lo prometo! —exclamó, y se largó corriendo al piso de arriba para arrancarse los calcetines.

Encerrada en su habitación, se quitó el vestido e intentó despojarse de los calcetines, pero no pudo. A Baxter le encantaba la sensación de estar pegado a su piel, y por más que estiró y forcejeó, no hubo modo de quitarlo. Incluso recurrió a un abrecartas, pero el borde de metal se dobló sin que Lavinia pudiera despegar a Baxter de sus piernas ni un centímetro.

Finalmente, encendió una cerilla y se la acercó al pie. Baxter gimió y se retorció.

—No me obligues a hacerlo —le suplicó ella, y arrimó la llama todavía más.

De mala gana, Baxter se despegó y recuperó su forma esférica.

—¡Malo! —lo regañó Lavinia—. ¡Muy mal!

Baxter se aplastó ligeramente, como si se encogiera avergonzado.

Lavinia se tumbó en la cama, agotada, y se puso a pensar en algo que su padre había dicho: eso de que librar a las personas

CUENTOS EXTRAÑOS PARA NIÑOS PECULIARES

de sus pesadillas era una gran responsabilidad. El hombre tenía toda la razón. Baxter ya le estaba causando muchos problemas, y cuantas más pesadillas removiera ella de las personas, más grande se tornaría. ¿Qué iba a hacer con él?

Se incorporó a toda prisa iluminada por una idea nueva. Algunas personas merecían tener pesadillas, había dicho su padre, y a ella se le ocurrió que, por más que poseyera el don de quitarles los sueños desagradables a las personas, eso no implicaba que tuviera que conservarlos. Sería el Robin Hood de los sueños, que libraría a las buenas personas de sus pesadillas para dárselas a las malas —¡y de paso se quitaría de encima a ese ovillo que la seguía a todas partes!

Distinguir a las buenas personas no supondría ningún problema, pero tendría que ser cuidadosa a la hora de identificar a los malvados; ella odiaría perjudicar a la persona equivocada. De modo que se sentó y redactó una lista de las peores personas del pueblo. En primer lugar anotó a la señora Hennepin, la directora del orfanato, quien, según se rumoraba, azotaba a sus pupilos con una vara. En segundo lugar anotó al señor Beatty, el carnicero, que por lo visto se había librado de la cárcel pese a asesinar a su esposa. A continuación añadió a Jimmy, el chofer del autobús, que había atropellado al perro lazarillo del señor Ferguson por conducir borracho. Y luego estaban todas esas personas que se mostraban antipáticas o maleducadas, que conformaban una lista aún más larga, o aquellas que a Lavinia no le caían bien, que sumaban todavía más nombres al inventario.

—¡Baxter, aquí!

LA ENCANTADORA DE PESADILLAS

El ovillo rodó hasta Lavinia.

—¿Te gustaría ayudarme con un proyecto importante?

Baxter se contoneó impaciente.

Empezaron esa misma noche. Vestida de negro de la cabeza a los pies, Lavinia introdujo a Baxter en su mochila y se lo cargó a la espalda. Cuando dieron las doce, salieron de casa a hurtadillas y recorrieron todo el pueblo repartiendo pesadillas a las personas de la lista; las peores a los que ocupaban los primeros puestos y las más pequeñitas a los últimos. Lavinia separó hebras de Baxter y les pidió que subieran por las cañerías y se colaran por las ventanas abiertas hasta dar con sus objetivos. Cuando la noche cedió el paso al día, había visitado montones de casas y Baxter había encogido al tamaño de una manzana, lo suficientemente pequeño para caber en el bolsillo de su dueña. Agotada, regresó a su hogar, donde se sumió en un sueño profundo y feliz en cuanto apoyó la cabeza en la almohada.

Al cabo de pocos días, Lavinia descubrió que sus actos tendrían consecuencias. Cuando se levantó, encontró a su padre sentado a la mesa del desayuno, chasqueando la lengua mientras leía el periódico. Jimmy, el chófer del autobús, había sufrido un terrible accidente por culpa del agotamiento que le provocaba la falta de descanso. Al día siguiente, Lavinia se enteró de que la señora Hennepin, víctima de un trastorno de origen desconocido, había azotado a varios huérfanos hasta dejarlos en coma. Y al otro día le tocó al señor Beatty, el carnicero, de quien se rumoreaba que había matado a su esposa. El hombre había saltado de un puente.

Lavinia se sintió tan culpable que juró no volver a emplear su talento hasta que fuera mayor y pudiera confiar en su propio criterio. La gente seguía llamando a su puerta, pero ella se negaba a atenderlos, incluso a aquellos que apelaban a su compasión con historias lacrimógenas.

—No acepto pacientes nuevos hoy por hoy —les decía—. Lo siento.

Sin embargo, ellos seguían acudiendo y Lavinia empezó a perder la paciencia.

—Me da igual. ¡Márchense! —les gritaba cerrándoles la puerta en las narices.

No era verdad —a ella *s* le importaba—, pero aquel pequeño gesto de crueldad la ayudaba a protegerse del contagioso dolor ajeno. Debía blindar su corazón o corría el riesgo de hacer más daño.

Al cabo de unas semanas, los sentimientos de Lavinia estaban más o menos bajo control. Hasta que una noche oyó unos golpecitos en la ventana de su habitación. Al subir la persiana, vio a un muchacho parado en el jardín bañado de luz de luna. Ese mismo día ella se había negado a atenderlo.

—¿No te dije que te marcharas? —le espetó a través de la ventana entornada.

—Lo siento —dijo él—, pero es que estoy desesperado. Si no puedes ayudarme, a lo mejor conoces a alguien que me pueda librar de las pesadillas que tengo. Tengo miedo de que me vuelvan loco.

LA ENCANTADORA DE PESADILLAS

Lavinia apenas se había fijado en el joven en su primera visita, pero algo en su expresión captó ahora su atención. El chico tenía un rostro simpático, la mirada dulce, pero iba sucio y despeinado, como si apenas hubiera escapado de una experiencia traumática. Y aunque la noche era cálida y seca, estaba temblando.

Ella sabía que tenía que cerrar sus cortinas y de nuevo pedirle que se marchara. En contra de su buen juicio, se quedó escuchando mientras el muchacho le relataba los terrores que lo atormentaban en sueños: monstruos y demonios, íncubos y súcubos, escenas sacadas directamente del infierno. Sólo de oírlo le dieron escalofríos... y a Lavinia no le daban escalofríos fácilmente. Aun así no se sintió tentada de ayudarle. No quería volver a cargar con problemáticos ovillos de pesadillas, así que, con mucha pena, no podía ayudarlo.

—Vete a casa —le aconsejó—. Es muy tarde; tus padres estarán preocupados.

El muchacho se echó a llorar.

—No, no lo estarán —sollozó.

—¿Por qué no? —preguntó Lavinia, aun sabiendo que no debía hacerlo—. ¿Son malas personas? ¿Te tratan mal?

—No —repuso él—. Han muerto.

—¡Murieron! —exclamó Lavinia. Su propia madre había muerto de escarlatina siendo ella muy niña y eso había sido muy duro para ella... ¡Pero perderlos a los dos! Su armadura empezaba a agrietarse.

CUENTOS EXTRAÑOS PARA NIÑOS PECULIARES

—Quizá podría soportarlo si hubieran muerto en paz, pero no fue así —explicó el muchacho—. Murieron asesinados ante mis propios ojos. Ése es el origen de mis pesadillas.

Lavinia supo entonces que ayudaría al muchacho. Si hubiera nacido con este don sólo para librar a una persona de sus malos sueños, lo habría empleado con aquel chico. Y si Baxter se tornaba demasiado grande como para esconderlo, bueno, tendría que mostrárselo a su padre y admitir lo que había hecho. Él entendería, pensó, cuando conociera la historia del pobre muchacho.

Le pidió que pasara, lo tendió en la cama y le extrajo un larguísimo hilo de pesadillas del oído. Tenía más pesadillas amontonadas en el cerebro que ninguno de los pacientes a los que había tratado, y cuando terminó la negruzca lana cubría el suelo de su habitación como una revoltosa alfombra extendida de punta a punta. El muchacho le dio las gracias, esbozó una extraña sonrisa y salió por la ventana tan deprisa que se enganchó la camisa en el marco.

Una hora más tarde, cuando amaneció, Lavinia seguía desconcertada por aquella sonrisa. El nuevo cordón aún no había terminado de fusionarse y Baxter, que parecía asustado del nuevo cordel, estaba escondido en el bolsillo de su dueña.

El padre llamó a sus hijos a desayunar. Lavinia se dio cuenta de que aún no estaba lista para contarle lo sucedido. La noche había sido muy larga y antes necesitaba comer algo. Escondió la madeja debajo de la cama. Luego cerró la puerta de la habitación, la atrancó por fuera y bajó.

LA ENCANTADORA DE PESADILLAS

Su padre estaba sentado a la mesa, absorto en el diario.

—¡Qué horror! —musitó, negando con la cabeza.

—¿Qué pasa? —preguntó Lavinia.

El hombre despegó la vista del periódico.

—Es tan espeluznante que no sé si contártelo. Pero sucedió aquí cerca, así que te vas a enterar igualmente antes o después. Hace unas semanas, un hombre y su esposa fueron asesinados a sangre fría.

Así pues, el muchacho decía la verdad.

—Sí, algo he oído —dijo Lavinia.

—Bueno, pues eso no es lo peor —prosiguió el padre—. Por lo visto, la policía acaba de identificar al principal sospechoso... el hijo adoptivo de la pareja. Lo están buscando ahora.

Un vértigo repentino embargó a Lavinia.

—¿Qué has dicho?

—Léelo tú misma.

El padre empujó el diario que descansaba sobre la mesa en dirección a su hija. En el pliego aparecía el granuloso retrato del muchacho que había estado en su habitación apenas unas horas antes. Lavinia se hundió en la silla y se aferró al borde de la mesa cuando todo empezó a girar a su alrededor.

—¿Te encuentras bien? —le preguntó su padre.

Antes de que pudiera responder sonó un fuerte golpe procedente de su dormitorio. La nueva maraña de pesadillas ya había terminado de enrollarse y ahora exigía estar con su dueña.

Pom. Pom.

—Douglas, ¿eres tú el que está haciendo eso? —gritó el padre.

—Estoy aquí —dijo Douglas, al tiempo que salía de la cocina en pijama—. ¿Qué es ese ruido?

Lavinia corrió a su habitación, retiró la silla y abrió la puerta. El hilo había creado una esfera, tal como imaginaba. Aquel nuevo Baxter era enorme —le llegaba casi hasta el pecho y abarcaba todo el ancho del umbral—, y malvado. Acechaba a Lavinia en círculos pequeños, gruñendo y husmeándola, como sopesando si la devoraba o no. Cuando el padre empezó a subir las escaleras, el nuevo Baxter hizo ademán de lanzarse sobre de él. Lavinia tendió la mano a toda prisa para agarrar una de las hebras. Jalando con todas sus fuerzas, consiguió retener a la criatura.

Arrastró al nuevo Baxter a su habitación y azotó la puerta. El corazón le latía desbocado cuando lo vio devorar la silla de su escritorio y luego soltar un montón de serrín a su paso como si fuera un rastro fecal.

Ay, esto era malo. Esto era *terrible*.

No sólo el nuevo Baxter se comportaba como un perro rabioso en comparación con el viejo —no estaba hecho de los sueños de un niño inocente, sino de las pesadillas de un asesino desalmado—; además, un criminal andaba suelto y ahora, gracias a ella, carecía de miedo o de algún tipo de inhibición. Si volvía a matar, Lavinia tendría la culpa, al menos en parte. Para deshacerse de ese ovillo, no podía tirarlo al fuego sin más. Tenía que devolverlo al lugar de donde había salido: la mente del muchacho.

La mera idea le producía terror. ¿Cómo se las arreglaría para dar con el asesino? Y cuando lo hiciera, ¿qué le impediría

LA ENCANTADORA DE PESADILLAS

al chico asesinarla también? Lavinia no tenía ni idea, sólo sabía que debía intentarlo.

Estiró un puñado de hebras del nuevo Baxter y se las enrolló en el brazo para usarlas como correa. Después lo arrastró por la habitación y a través de la ventana abierta. En el suelo del jardín encontró un pedazo de la camisa del muchacho. Lo recogió y se lo acercó al nuevo Baxter para que lo oliera.

—La cena —dijo.

La reacción fue instantánea: el nuevo Baxter por poco le arranca el brazo mientras la arrastraba por el jardín y luego calle abajo tirando de la correa. La bola siguió el rastro del muchacho durante buena parte del día. Recorrieron el pueblo en círculos y acabaron saliendo por el otro extremo. Anduvieron por una carretera rural en medio de la nada. Por fin, hacia la puesta de sol, llegaron a un edificio grande y aislado: el orfanato de la señora Hennepin.

Salía humo por las ventanas de la planta baja. El orfanato se estaba incendiando.

Lavinia oyó gritos procedentes de la parte trasera del edificio. Dobló la esquina a la carrera, arrastrando al nuevo Baxter. Asomados a la ventana del piso superior, cinco huérfanos salían a respirar mientras el humo se arremolinaba a su alrededor. Debajo, en el jardín, el muchacho contemplaba su obra muerto de risa.

—¿Qué has hecho? —gritó Lavinia.

—Pasé mi infancia en esta casa de los horrores —dijo él—. Estoy liberando al mundo de las pesadillas, igual que tú.

El nuevo Baxter tironeaba para acercarse al joven.

—¡Ve por él! —ordenó Lavinia, y soltó la correa.

El nuevo Baxter se abalanzó sobre el chico pero, en lugar de devorarlo, saltó a sus brazos y le lamió la cara.

—¡Eh, amigo mío! —lo saludó el muchacho entre risas—. Ahora mismo no tengo tiempo para jugar contigo, pero... ¡busca!

Tomó un palo del suelo y lo lanzó. El nuevo Baxter persiguió el palo al interior del edificio en llamas. Instantes después, mientras el nuevo Baxter era consumido por las llamas, se oyó un grito inhumano.

Ahora indefensa, Lavinia echó a correr, pero el joven la atrapó, la derribó y le rodeó el cuello con las manos.

—Vas a morir —le dijo con tranquilidad—. Te debo un gran favor por haber extraído aquellas horribles pesadillas de mi cabeza, pero no permitiré que conspires para matarme.

Lavinia luchaba por respirar. Estaba perdiendo el sentido.

En ese momento, algo se agitó en el bolsillo de sus pantalones.

El viejo Baxter.

Lo sacó y lo estampó contra la oreja del muchacho. El joven soltó el cuello de Lavinia y se toqueteó el oído, pero era demasiado tarde; el viejo Baxter había reptado al interior de su mente.

El muchacho se quedó mirando al infinito, como si leyera algo que sólo él podía ver. Lavinia se retorció pero no pudo quitárselo de encima.

El muchacho la miró y sonrió.

—Un payaso, unas cuantas arañas gigantes y un monstruo debajo de la cama —se rio con ganas—. Los sueños de un niño. Qué dulce... ¡lo voy a disfrutar! —dicho eso, le agarró el cuello otra vez.

Lavinia le propinó un rodillazo en la barriga y, por un instante, el muchacho retiró las manos. Cerró el puño pero, antes de que asestara el golpe, Lavinia gritó:

—¡Baxter, aquí!

Y Baxter —el buen y obediente Baxter— abandonó la cabeza del muchacho repentina y violentamente por los oídos, los ojos y la boca, acompañado de chorros de sangre roja y espesa. El muchacho cayó hacia atrás, borboteando, y Lavinia se sentó.

Los niños gritaban pidiendo ayuda.

Armándose de valor, Lavinia se levantó y corrió al interior de la casa. El denso humo la hizo toser. La señora Hennepin yacía muerta en el piso del salón; tenía unas tijeras clavadas en un ojo.

Un armario bloqueaba la puerta de las escaleras —obra del joven, seguramente.

—¡Baxter, ayúdame! ¡Empuja!

Con ayuda de Baxter, Lavinia apartó el armario y abrió la puerta. Corrió al piso superior, donde el fuego y el humo no eran tan espesos. Tapando los ojos de los niños para que no vieran a la señora Hennepin, los sacó uno por uno de la casa. Cuando todos estuvieron a salvo, se desplomó sobre el césped, medio muerta a causa de las quemaduras y de la inhalación del humo.

Despertó varios días después en el hospital, bajo las miradas de su padre y su hermano.

—Estamos tan orgullosos de ti —le dijo su padre—. Eres una heroína, Vinni.

Se morían por hacerle un millón de preguntas —Lavinia lo veía en sus rostros—, pero se las iban a tener que guardar de momento.

—Has estado revolviéndote y gimiendo en sueños —comentó Douglas—. Creo que tenías una pesadilla.

La había tenido, y siguió sufriéndolas durante años. Podría habérselas extraído por el oído con facilidad, pero no lo hizo. En vez de eso, Lavinia se dedicó a estudiar la mente humana y, contra todo pronóstico, se convirtió en la primera doctora en psicología de los Estados Unidos. Fundó una práctica exitosa y ayudó a mucha gente, y si bien sospechaba a menudo que los oídos de sus pacientes escondían hebras de pesadilla, jamás empleó su poder para deshacerse de ellas. Había maneras mejores, eso pensaba ella ahora.

Nota del editor:

Esta historia resulta inusual en varios sentidos, particularmente el final. El ritmo y las imágenes de la conclusión poseen un inconfundible aire moderno, y sospecho que el hecho se debe a que el relato ha experimentado incorporaciones de un pasado no tan distante. Encontré un final alternativo, más antiguo, en el que la lana de pesadilla que Lavinia extrae

LA ENCANTADORA DE PESADILLAS

del muchacho crece hasta envolverla por completo, como una versión ampliada de los calcetines que teje al principio del cuento. Incapaz de arrancarse esta inquieta segunda piel, acaba convertida en pesadilla ella misma y escapa para vivir en soledad. Es un final trágico e injusto, y entiendo por qué algún cuentacuentos, en épocas recientes, decidió inventar una conclusión nueva y más constructiva.

Sea cual sea el final que escojas, la moraleja sigue siendo más o menos la misma y ésta también resulta inusual. Advierte a los niños peculiares de que hay poderes demasiado complicados y peligrosos como para recurrir a ellos, y que es preferible dejarlos en paz. En otras palabras, nacer con cierta habilidad no implica que estemos obligados a usarla, y en casos excepcionales es nuestro deber abstenernos por completo. Bien pensado, como lección resulta un tanto descorazonadora. ¿Qué niño peculiar, tras enfrentarse a los desafíos que acarrea la peculiaridad, desea oír que su particular talento es más una maldición que una bendición? Estoy seguro de que es por esta razón que la directora de mi propio hogar únicamente lee este cuento a los pupilos mayores y también por ello hasta la actualidad se considera este cuento como uno de los más oscuros, si bien fascinantes, relatos de la colección.

M. N.

La langosta

Había una vez un inmigrante noruego muy trabajador, llamado Edvard, que viajó a los Estados Unidos en busca de fortuna. Sucedió en una época en la que únicamente el tercio oriental de Norteamérica había sido colonizado por los europeos. Buena parte de los territorios occidentales seguían perteneciendo a los pueblos que los habitaban desde la última era glacial. Las fértiles llanuras de la zona central se conocían como la "frontera" —un territorio salvaje tan abundante en oportunidades como en peligros—, y fue allí donde Edvard se instaló.

Había vendido todas sus posesiones en Noruega, y con el dinero obtenido compró tierras y equipo de granja en un lugar conocido como "el territorio de Dakota", donde muchos otros recién llegados de Noruega se habían afincado también. Construyó una casa sencilla y fundó una granja pequeña, y después de unos cuantos años de duro trabajo, incluso prosperó un poco.

La gente del pueblo le decía que debía buscar esposa y crear una familia.

—Eres un hombre joven y fuerte —lo animaban—. Es lo natural.

Edward, sin embargo, no quería casarse. Amaba tanto su granja que no estaba seguro de tener suficiente espacio en el corazón para amar también a una esposa. El amor siempre le había parecido un asunto poco práctico, algo que interfería con asuntos más importantes. En su juventud, en Noruega, había visto cómo su mejor amigo renunciaba a la que podría haber sido una vida de aventuras y prosperidad por el amor de una chica que no soportaba la idea de separarse de su familia. En el viejo continente no había dinero que amasar, y ahora su viejo amigo tenía mujer e hijos a los que apenas podía alimentar —sentenciado a una vida de compromiso y privaciones—, todo ello gracias a un capricho de su joven corazón.

Pese a todo, quiso el destino que incluso Edvard conociera a una chica de la que se encariñó. Encontró espacio en su corazón para amar tanto su granja como a una esposa, y se casó con ella. Pensó que no podía ser más feliz —sentía que su rudo y pequeño corazón estaba a punto de estallar—, así que cuando la mujer le pidió que tuvieran un hijo, se resistió. ¿Cómo iba a amar su granja, a su esposa y a un hijo además? Y pese a todo, cuando la esposa de Edvard quedó embarazada, lo embargó una inesperada alegría y esperó el nacimiento con enorme ilusión.

Nueve meses después, su mujer trajo al mundo un varón. Fue un parto difícil que dejó a la esposa de Edvard debilitada y enferma. Al niño también le pasaba algo raro: tenía un corazón tan enorme que un lado de su pecho era notablemente más grande que el otro.

—¿Vivirá? —le preguntó Edvard al médico.

—El tiempo lo dirá —repuso el doctor.

Sin darse por satisfecho, Edvard llevó a su hijo al viejo Erick, un curandero que en el viejo continente se había ganado la fama de ser inusualmente sabio. El hombre posó las manos en el niño y, unos instantes después, enarcó las cejas.

—¡Este niño es peculiar! —exclamó Erick.

—Eso me dijo el médico —repuso Edvard—. Su corazón es demasiado grande.

—Hay algo más —replicó Erick—, pero tendrán que pasar varios años para que se manifieste su peculiaridad.[1]

—¿Pero vivirá? —insistió Edvard.

—El tiempo lo dirá —respondió Erick.

El hijo de Edvard vivió, pero su esposa se debilitaba más y, finalmente, murió. Al principio, Edvard estaba destrozado; luego se enfadó. Estaba furioso consigo mismo por haber dejado que el amor desbaratara sus planes de llevar una vida práctica. Ahora tenía una granja que atender, un niño al que cuidar ¡y no tenía esposa que lo ayudara! También estaba enfadado con su hijo por ser raro, especial y delicado, pero sobre todo por haber

---

[1] El relato no aclara cómo supo Erick que el niño era peculiar por el mero gesto de imponerle las manos; es posible que él mismo fuera peculiar y que su habilidad consistiera en detectar la peculiaridad en los demás o incluso los poderes latentes o subdesarrollados.

Cuentos extraños para niños peculiares

enviado a su mujer a la tumba por el mero hecho de nacer. Por supuesto que sabía que el pobre niño no tenía ninguna culpa y que enfadarse con un infante era absurdo, pero no podía evitarlo. Todo ese amor que, con la mayor imprudencia, había dejado florecer en su vida se convirtió en amargura, y ahora que estaba allí, alojada en su interior como un cálculo biliar, no sabía cómo deshacerse de ella.

Bautizó a su hijo con el nombre de Ollie y lo crió en solitario. Envió a Ollie a la escuela, donde el niño aprendió inglés y otras materias de las que Edvard sabía poco. En ciertos aspectos, saltaba a la vista que eran padre e hijo: Ollie se parecía a su padre y trabajaba tan duro como él, labrando y arando junto con Edvard todas y cada una de las horas que no pasaba en la escuela o durmiendo, y nunca se quejaba. Pero en otros sentidos no se le asemejaba en nada. Hablaba noruego con un soso acento americano. Parecía creer que la vida le reservaba grandes cosas, una idea particularmente americana. Lo peor de todo es que el niño era esclavo de los caprichos de su demasiado grande corazón. Se enamoraba en un instante. A los siete años ya le había propuesto matrimonio a una compañera de clase, a una niña del vecindario y a la joven que tocaba el órgano en la iglesia, quince años mayor que él. Si alguna vez un pájaro caía abatido del cielo, Ollie sollozaba y lloraba durante días. Cuando comprendió que la carne de la cena procedía de animales, juró que nunca jamás volvería a comerla. Se le arrugaba el corazón profundamente.

Los verdaderos problemas comenzaron cuando Ollie cumplió los catorce, el año en que llegaron las langostas. Ningún

La langosta

habitante de Dakota había visto nada semejante: una plaga
tan grande que tapaba la luz del sol, de kilómetros de longi-
tud, como una maldición de dios. La gente no podía salir a la
calle sin aplastar cientos de insectos a su paso. Las langostas
devoraron todo lo verde que encontraron y, cuando se acabaron el pasto, la emprendieron con el maíz y el trigo, y cuando
éstos desaparecieron también, devoraron madera, fibra, cuero
y tejados de adobe. Arrancaban la lana de las ovejas que pasta-
ban en los prados. Un pobre hombre quedó atrapado en una
nube de langostas y los insectos engulleron la ropa que llevaba
puesta.[2]

Era una maldición que amenazaba con destruir el sustento
de todos los colonos de la frontera, el de Edvard incluido, y los
granjeros trataron por todos los medios de combatirla. Usaron
fuego, humo y veneno para ahuyentar a los bichos. Empujaron
grandes rodillos de piedra por la tierra para aplastarlos. El pueblo cercano a la granja de Edvard ordenó que todos los vecinos
mayores de diez años llevaran quince kilos de langostas muer-
tas al vertedero cada semana o serían multados. Edvard puso
manos a la obra con entusiasmo, pero su hijo se negó a matar
un solo saltamontes. Llegaba al extremo de arrastrar los pies

---

[2] Impresionantes plagas de langostas azotaron el oeste de los Estados
Unidos a lo largo de los siglos XVIII y XIX. La más grande que ha sido
documentada se produjo en 1875, cuando una plaga de más de doce millones de langostas, que abarcaba un área mayor que California, devastó
las llanuras.

cuando trabajaba al aire libre para no aplastar algún insecto accidentalmente. Esto hizo que Edvard enfureciera.

—¡Se comieron nuestras cosechas! —le gritó a su hijo—. ¡Están destruyendo nuestra granja!

—Sólo tienen hambre —repuso Ollie—. No nos están lastimando a propósito, así que no es justo hacerles daño.

—La justicia no tiene nada que ver —alegó Edvard, que hacía esfuerzos por controlar su mal genio—. A veces en esta vida hay que matar para sobrevivir.

—En este caso, no —dijo Ollie—. Matarlas no ha servido para nada.

A estas alturas de la conversación, Edvard estaba rojo como un tomate.

—Aplasta esa langosta —le ordenó, señalando una en el suelo.

—¡No lo haré! —dijo Ollie.

Edvard estaba furioso. Abofeteó al desobediente de su hijo, pero éste se negó a matar insectos de todos modos, así que el padre lo azotó con el cinturón y lo mandó a la cama sin cenar. Mientras oía el llanto de Ollie a través de la pared, miraba por la ventana la plaga de langostas que sobrevolaba sus campos devastados y sintió cómo el rencor hacia su hijo endurecía su corazón.

Corrió la voz entre los colonos de que Ollie se negaba a matar langostas y la gente se enfadó. El pueblo multó a su padre. Los compañeros de Ollie lo sujetaron contra el suelo e intentaron que se comiera una. Personas que Ollie apenas conocía lo insultaban por la calle. Su padre estaba tan rabioso y avergonzado que le retiró la palabra a su hijo. De repente, Ollie se había quedado sin amigos y sin nadie con quien hablar, y se sintió tan solo que un día adoptó una mascota. Era el único ser vivo que toleraba su presencia: una langosta. La llamó Thor por el antiguo dios nórdico y la escondió en una caja de puros que guardó bajo la cama. La alimentaba con restos de la cena y agua azucarada, y le hablaba a altas horas de la noche, cuando debía estar durmiendo.

—Tú no tienes la culpa de que todo el mundo te odie —le susurraba a Thor—. Sólo haces aquello que te dicta la naturaleza.

—*Chirp-charp* —respondía el saltamontes frotando las alas.

—Chist —la hacía callar Ollie. Luego metía unos granos de arroz en la caja y la cerraba.

Ollie empezó a llevar a Thor consigo a todas partes. Se había encariñado con el pequeño insecto, que se posaba en su hombro, cantaba cuando brillaba el sol y saltaba contento cada vez que Ollie silbaba una melodía. Hasta que un día el padre descubrió la caja de Thor. Furioso, tomó la langosta, caminó hacia el fogón y la arrojó a las llamas. Se oyó un agudo gritito y una pequeña explosión, y Thor desapareció.

Cuando Ollie lloró por su amigo muerto, Edvard lo echó de casa.

—¡Nadie derrama lágrimas por una langosta en mi casa! —gritó, y empujó a su hijo al exterior.

Ollie pasó la noche temblando en los campos. Al día siguiente, Edvard se sintió culpable por haber sido tan duro con su hijo y salió a buscarlo, pero en lugar de encontrar al niño halló una langosta gigante dormida entre las filas del trigo devastado. Edvard retrocedió asqueado. La criatura era grande como un mastín, tenía unas ancas enormes que parecían jamones de Navidad y sus antenas eran tan largas como fustas. Corrió a casa a buscar el rifle, pero cuando regresó para disparar al extraño ser, las langostas lo rodearon y se colaron en el cañón del arma para taparlo. Después se arremolinaron en el aire delante de Edvard y se dividieron en letras para formar una palabra:

O-L-L-I-E

Estupefacto, Edvard soltó el rifle y observó con atención al saltamontes gigante, que ahora se había puesto de pie sobre las patas traseras como lo haría un humano. No tenía los ojos negros, como las langostas, sino azules, igual que Ollie.

—No —exclamó Edvard—. ¡No es posible!

Pero entonces advirtió que el cuello rasgado de la camisa de su hijo rodeaba la garganta de la criatura y una pernera de los pantalones de Ollie estaba prendida a su pierna.

—¿Ollie? —preguntó con inseguridad—. ¿Eres tú?

El insecto pareció asentir moviendo su cabeza de arriba abajo.

Edvard notó una comezón extraña en la piel. Tenía la sensación de estar mirando la escena fuera de su cuerpo.

Su hijo se había transformado en langosta.

—¿Puedes hablar? —le preguntó Edvard.

Ollie frotó las patas traseras entre sí y lanzó una especie de gritito, pero al parecer eso era lo más que podía decir.

Edward no sabía cómo reaccionar. La mera visión de Ollie le asqueaba pero aun así... de algún modo tenía que ayudar al chico. Pero no quería que nadie descubriera lo sucedido, así que en lugar de llamar al médico del pueblo, que era un chismoso, mandó a buscar al sabio Erick.

Erick se acercó al prado cojeando para echar un vistazo. Superada la impresión inicial, dijo:

—Ha sucedido tal y como yo predije. Han tenido que transcurrir varios años, pero por fin ha manifestado su peculiaridad.

—Sí, es evidente —repuso Edvard—, pero ¿por qué? ¿Y cómo puede ser revertida?

Erick consultó el gastado libro viejo que traía consigo, un manual popular de condiciones peculiares que llevaba varias generaciones en su familia, herencia de una tatarabuela peculiar.[3]

—Ah, ya veo —murmuró, y se humedeció el pulgar con la lengua para pasar la página—. Dice que cuando una persona que posee cierto tipo de temperamento peculiar y un corazón grande y generoso no se siente amada por sus semejantes, adoptará la forma de aquella criatura a la que se sienta más unida.

---

[3] Suponemos que el relato se refiere al *Vitalígis Peculíarís*, un tratado de medicina escrito en latín medio inventado por un desconocido matasanos del pasado. Incluye algún que otro consejo útil, pero en general no tiene pies ni cabeza; la clave radica en distinguir uno de lo otro.

Erick miró con extrañeza a Edvard, quien se sintió avergonzado.

—¿El chico era amigo de una langosta?

—La había adoptado, sí —admitió Edvard—. Yo la tiré al fuego.

Erick hizo chasquear la lengua y sacudió la cabeza.

—Quizá fuiste demasiado severo con él.

—Él es demasiado débil para este mundo —gruñó Edvard—, pero da igual. ¿Cómo lo arreglamos?

—No necesito un libro para responderte a eso —repuso Erick, que cerró el ajado volumen—. Tienes que amarlo, Edvard.

Erick le deseó buena suerte y dejó a Edvard a solas con la criatura que un día fuera su hijo. El hombre contempló las largas y translúcidas alas, las horribles mandíbulas, y se estremeció. ¿Cómo iba a amar a semejante engendro? De todos modos hizo un intento, pero aún lo embargaba el resentimiento y sus esfuerzos no eran sinceros. En lugar de mostrarle ternura al niño, Edvard se pasó todo el día regañándolo.

—¿Por qué piensas que no te quiero? ¿Acaso no te doy de comer y te cobijo bajo mi techo? Tuve que dejar la escuela para ponerme a trabajar a la edad de ocho años, pero ¿acaso no he dejado que entierres tu cabeza en los libros y en la tarea hasta que tu corazón está contento? ¿Cómo llamas a eso, sino amor? ¿Qué más quieres de mí, exigente mocoso americano?

Y cosas parecidas. Cuando cayó la noche, Edvard no soportaba la idea de que Ollie durmiera dentro de la casa, así que le preparó un rincón en el granero y le dejó unas sobras de la cena en una cubeta para que se las comiera. A los niños hay que tratarlos con mano dura, pensaba Edvard, y ablandarse ahora sólo serviría para animar a Ollie a aferrarse esa conducta pusilánime que lo había llevado a transformarse en langosta.

Al día siguiente su hijo se había marchado. Edvard buscó en cada centímetro del granero, en cada surco de los campos, pero el chico no aparecía por ninguna parte. Cuando llevaba tres días sin regresar, Edvard empezó a preguntarse si no habría adoptado una actitud equivocada. Se había aferrado a sus principios, pero ¿para qué? Había ahuyentado a su único hijo. Ahora que Ollie se había marchado, Edvard comprendía lo poco que significaba la granja para él en comparación. Pero era demasiado tarde para aprender la lección.

Edvard estaba tan arrepentido y triste que acudió al pueblo y le contó a todo el mundo lo sucedido.

—He convertido a mi hijo en una langosta —dijo—, y ahora lo he perdido todo.

Al principio nadie le creyó, así que le pidió al viejo Erick que corroborara su relato.

—Es verdad —respondía Erick a todo aquel que preguntaba—. Su hijo se ha transformado en una enorme langosta. Del tamaño de un perro.

Edvard le hizo una oferta a la gente del pueblo.

—Mi corazón está más reseco que una manzana vieja —dijo—. No puedo ayudar a mi hijo, pero si alguno de ustedes consigue amarlo lo suficiente como para que vuelva a ser un niño, le daré mi granja.

La noticia provocó un gran revuelo en el poblado. A cambio de una recompensa tan jugosa, decían, serían capaces de amar casi cualquier cosa. Por supuesto, primero tendrían que encontrar al niño langosta, así que organizaron partidas de búsqueda y procedieron a inspeccionar carreteras y campos.

Ollie, que poseía el agudísimo oído de las langostas, lo escuchó todo. Escuchó que su padre hablaba de él, escuchó los pasos de los vecinos que lo buscaban, y no quería saber nada de ello. Se escondió en los campos de una granja vecina con sus nuevos amigos, y cada vez que alguien se acercaba los saltamontes salían volando y rodeaban a la persona para crear un muro y que Ollie tuviera suficiente tiempo para escapar. Sin embargo, pasados unos días, las langostas se quedaron sin alimento y remontaron el vuelo para emigrar a otra parte. Ollie intentó unirse a ellas, pero era demasiado grande y pesado para volar. Siendo las langostas criaturas prácticas, ni una sola de ellas se quedó atrás para hacerle compañía a Ollie, que volvió a quedarse solo.

Sin la ayuda de sus amigos para protegerlo, no pasó mucho tiempo antes de que un grupo de niños se acercara sigilosamente a Ollie mientras dormía y lo atrapara con una red. Eran los mismos chicos que lo habían atormentado en la escuela. El mayor se echó la red al hombro y los niños regresaron al pueblo, cantando y riendo.

—¡Lo transformaremos en niño y nos quedaremos con la granja de Edvard! —entonaban—. ¡Seremos ricos!

Cuando llegaron a casa, encerraron a Ollie en una jaula y se quedaron esperando. Transcurrida una semana, viendo que el

LA LANGOSTA

muy testarudo se aferraba a su apariencia de insecto, cambiaron de táctica.

—Díganle que lo quieren —sugirió la madre de los chicos.

—¡Te quiero! —gritó el más pequeño a través de los barrotes, pero apenas pudo terminar la frase de tanta risa que le entró.

—Al menos ponte serio mientras lo dices —lo regañó el mayor antes de probar suerte—. Te quiero, langosta.

Pero Ollie no les prestaba atención. Se había acurrucado en un rincón y se había dormido.

—¡Eh, estoy hablando contigo! —gritó el niño, y pateó la jaula—. ¡TE QUIERO!

Pero no era verdad, ni tampoco podía obligarse a quererlo, y cuando Ollie se pasó toda la noche lanzando chirridos de langosta, la familia se rindió y se lo vendió a su vecino. Era un viejo cazador soltero y con poca experiencia en asuntos del corazón que, tras unos pobres intentos de demostrarle afecto al niño, se rindió y envió a Ollie al exterior, a vivir con los perros de caza. Ollie prefería mil veces la compañía de los perros que la del cazador. Dormía en la perrera y comía con ellos, y si bien al principio les inspiraba temor, Ollie era tan amable y gentil que los perros pronto se acostumbraron a él y se convirtió en uno más de la jauría. De hecho, Ollie se sentía tan a gusto entre los sabuesos que cierto día el cazador descubrió que había perdido una langosta gigante pero había ganado un perro enorme.

CUENTOS EXTRAÑOS PARA NIÑOS PECULIARES

Los meses que Ollie pasó como perro fueron una de las etapas más felices de su vida. Pero llegó la temporada de caza y a los perros les tocó trabajar. El primer día el cazador llevó a la jauría a un prado de hierbas altas. Al grito del cazador, los perros echaron a correr por el prado entre ladridos. Ollie los imitó, corriendo y armando mucho escándalo. ¡Eso era muy divertido! Hasta que de repente tropezó con un ganso en la hierba. El ganso dio un salto y echó a volar, pero antes de que llegara a ninguna parte sonó un estampido y cayó abatido al suelo. Ollie contempló su cadáver, horrorizado. Un momento después otro perro pasó trotando a su lado y le dijo:

—¿Qué esperas? ¿No se lo vas a llevar al amo?

—¡Claro que no! —replicó Ollie.

—Haz lo que quieras —dijo el perro—, pero si el amo se entera, te matará —y el perro agarró el ganso muerto con la quijada y se alejó trotando.

Al día siguiente, Ollie se había marchado. Escapó con los gansos, siguiendo su migración en V desde la tierra.

Cuando Edvard descubrió que su hijo había aparecido y se había esfumado otra vez, se sumió en una desesperación tan profunda que aquellos que lo conocían temieron que jamás se recuperara. Ya nunca salía de casa. Dejó sus campos en barbecho. Si el viejo Erick no le hubiera llevado alimentos una vez a la semana, es posible que hubiera muerto de hambre. Sin embargo, igual que la plaga de langostas, la oscuridad de Edvard concluyó eventualmente. El hombre volvió a atender su granja, regresó al mercado del pueblo y ocupó su viejo banco en la iglesia los domingos. Y, al cabo de un tiempo, se enamoró y se casó nuevamente, y su esposa y él tuvieron una hija a la que llamaron Asgard.

Edward estaba decidido a profesarle a Asgard un amor tan grande como fue su fracaso con Ollie y, cuando la niña creció, se esforzó cuanto pudo en mantener abierto su corazón. La dejaba recoger animales perdidos y llorar por tonterías, y jamás la regañaba por sus gestos de bondad. Cuando Asgard tenía ocho años, Edvard pasó una época difícil. La cosecha se perdió y sólo tenían nabos para comer. Un día, una bandada de gansos sobrevoló la casa y una de las aves abandonó la formación para aterrizar cerca de la casa de Edvard. Era un ganso muy grande, el doble que uno normal, y como no parecía asustado Edvard se acercó a él y lo agarró.

—¡Serás una buena cena para esta noche! —dijo Edvard; llevó al ganso a la casa y lo encerró en una jaula.

Hacía semanas que no tenían carne para cenar, y la esposa de Edvard no cabía en sí de la emoción. Encendió el fuego y preparó la olla mientras Edvard afilaba el cuchillo de trinchar. Pero cuando Asgard entró en la cocina y descubrió lo que se traían entre manos, se disgustó.

—¡No pueden matarlo! —gritó—. Es un ganso muy bonito y no nos ha hecho nada malo. ¡No es justo!

—La justicia aquí no tiene nada que ver —le dijo Edvard—. A veces, en la vida, hay que matar para sobrevivir.

—¡Pero nada nos obliga a matarlo! —protestó ella—. Podemos comer sopa de nabos otra vez. ¡No me importa!

Se desplomó delante del ganso y se echó a llorar.

En otra época de su vida, puede que Edvard hubiera regañado a su hija y le hubiera echado un sermón sobre los peligros de la sensiblería, pero ahora recordaba a su hijo.

—Bueno, no lo mataremos —dijo arrodillándose para consolarla.

Asgard dejó de llorar.

—¡Gracias, papá! ¿Nos lo podemos quedar?

—Sólo si él quiere estar aquí —repuso Edvard—. Es un animal salvaje, sería una crueldad obligarlo a vivir encerrado.

Abrió la jaula. El ganso salió bamboleándose y Asgard le echó los brazos al cuello.

—¡Cuánto te quiero, señor Ganso!

—¡Cuac! —respondió el ave.

Aquella noche cenaron sopa de nabos y se fueron a dormir con la barriga quejumbrosa pero my felices.

El ganso se convirtió en la queridísima mascota de Asgard. Dormía en el granero, seguía a su dueña al colegio cada mañana y esperaba graznando en el tejado de la escuela la salida de Asgard. Ella le contó a todo el mundo que el ganso era su mejor amigo y que nadie debía matarlo ni hacer una sopa con él, y todos respetaron su deseo. Asgard inventaba historias maravillosas en las que el ganso y ella eran protagonistas, como una vez que montó a Ganso para llegar a la Luna y saber a qué sabía el queso de luna. Durante la cena entretenía a sus padres con esos cuentos. Por eso no se sorprendieron demasiado cuando la niña, nerviosa a más no poder, los despertó una mañana para

LA LANGOSTA

darles la noticia de que Ganso se había transformado en un muchacho.

—Vuelve a la cama —le dijo Edvard entre bostezos—. Ni siquiera los gallos han amanecido aún.

—¡Lo digo en serio! —gritó Asgard—. ¡Mira por ti mismo!

Y arrancó a su fatigado padre de la cama.

Edward por poco se desmaya cuando entró en el granero. Allí, plantado en un nido de paja, estaba su hijo perdido desde hacía tanto tiempo. Ollie había crecido: de metro ochenta de alto, mostraba unos rasgos marcados y pelusa en la barbilla. Se había amarrado a la cintura un saco de arpillera que había encontrado tirado en el suelo del granero.

—¿Lo ves? ¡No mentía! —señaló Asgard antes de correr hacia Ollie y abrazarlo con fuerza—. ¿Qué estás haciendo, ganso tonto?

Ollie sonrió de oreja a oreja.

—Hola, padre —dijo—. ¿Me extrañaste?

—Muchísimo —asintió Edvard. Le dolía tanto el corazón que se echó a llorar. Se acercó a su hijo y lo abrazó—. Espero que puedas perdonarme —le susurró.

—Hace años que te perdoné —repuso Ollie—. Sólo que tardé algún tiempo en encontrar el camino de vuelta.

—¿Padre? —intervino Asgard—. ¿Qué pasa?

Edvard soltó a Ollie, se enjugó las lágrimas y se volvió hacia su hija.

—Éste es tu hermano mayor —dijo—. El hermano del que te conté.

—¿El que se transformó en bicho? —preguntó ella asombrada—. ¿Y luego escapó?

—El mismo —asintió Ollie, y tendió la mano para estrechar la de Asgard—. Encantado de conocerte. Soy Ollie.

—No —respondió ella—, ¡eres Ganso! —e ignorando la mano tendida de Ollie, volvió a abrazarlo—. Por cierto, ¿cómo te convertiste en ganso?

Ollie estrechó a su hermana con fuerza.

—Es una historia muy larga —dijo.

—¡Bien! —exclamó Asgard—. Me encantan los cuentos.

—Nos lo contará mientras desayunamos —propuso Edvard—. ¿Qué te parece, hijo?

Ollie sonrió.

—Me encantaría.

Edvard tomó con una mano a Ollie y con la otra a Asgard, y ellos lo guiaron al interior de la casa. Cuando su esposa se hubo recuperado de la impresión, se sentaron a comer nabos con tostadas mientras Ollie les hablaba de los años que había vivido como un ganso. A partir de aquel día vivió como un miembro más de la familia. Edward profesó a su hijo un amor incondicional y Ollie nunca jamás volvió a perder la forma humana. Y vivieron felices por siempre jamás.

El niño que separaba las aguas

———•———

abía una vez un muchacho peculiar llamado Fergus que poseía la capacidad de controlar corrientes y mareas. Sucedió en Irlanda en tiempos de la gran hambruna. Podría haber recurrido a su don para pescar, pero vivía tierra adentro, lejos del mar, y su poder no funcionaba en ríos y lagos. Podría haberse marchado a la costa —estuvo en el mar una vez cuando era niño; de ahí que conociese su habilidad—, pero su madre estaba demasiado débil para viajar y Fergus no quería dejarla sola; a la pobre mujer no le quedaba más familia que él. Fergus le ofrecía hasta el último bocado que mendigaba mientras que él sobrevivía a base de serrín y suela de zapato hervida. Pero fue la enfermedad la que se apropió de ella, no el hambre, y al final no hubo nada que hacer.

Postrada en su lecho de muerte, la madre lo obligó a prometer que se marcharía a la costa tan pronto como la enterraran.

—Con tu talento, serás el mejor pescador que ha existido jamás y nunca volverás a pasar hambre. Pero no le cuentes a nadie lo que puedes hacer, hijo, o te harán la vida imposible.

Fergus prometió seguir su consejo y, al día siguiente, la mujer murió. Su hijo la enterró en el cementerio de la iglesia, guardó sus escasas posesiones en un costal y emprendió la larga caminata hacia el mar. Anduvo a lo largo de seis días con un solo zapato y sin nada de comer. Estaba famélico, y los habitantes de los pueblos que atravesaba se morían de hambre también. Algunas aldeas habían sido completamente abandonadas, pues sus habitantes habían partido a América en busca de mejor fortuna y barrigas más llenas.

Alcanzó la costa por fin, un pueblecillo llamado Skelligeen donde las casas no parecían vacías ni los vecinos hambrientos. Fergus lo consideró un buen presagio: si los habitantes de Skelligeen seguían viviendo en el pueblo y estaban bien alimentados, la pesca debía de ser muy buena. Esto era muy afortunado, porque él no podría aguantar mucho más tiempo sin comer. Le preguntó a un hombre dónde podía conseguir una caña de pescar o una red, pero el hombre le respondió que no encontraría nada parecido en Skelligeen.

—Aquí no pescamos —replicó. Lo dijo extrañamente orgulloso, como si ser pescador fuera motivo de vergüenza.

—Si no pescan —dijo Fergus—, ¿de qué viven?

Fergus no había avistado la menor señal de industria alrededor del pueblo: ni rediles para el ganado ni ninguna cosecha que no fueran las mismas papas podridas que había por toda Irlanda.

—Vivimos del negocio del rescate —repuso el otro sin dar más explicaciones.

Fergus le preguntó al hombre si podía darle algo de comer.

—Trabajaré para pagarlo —se ofreció.

—¿Qué trabajo podrías hacer tú? —replicó el hombre mirando al chico de arriba abajo—. Me vendría bien contar con alguien capaz de transportar cajas pesadas, pero tú estás en los huesos. ¡Apuesto a que no pesas más de treinta kilos!

—Puede que no sea capaz transportar cajas pesadas, pero sé hacer algo que nadie más sabe hacer.

—¿Y qué es? —preguntó el hombre.

Fergus estaba a punto de revelárselo cuando recordó la promesa formulada a su madre. Musitó una vaguedad y se escabulló.

Decidió fabricar un sedal con el cordón del zapato e intentar capturar algo. Detuvo a una señora rolliza para preguntarle dónde había un buen sitio para pescar.

—No te molestes —respondió la señora—. En esta costa no vas a pescar nada que no sean peces globo venenosos.

Fergus lo intentó de todos modos, usando un trozo de pan duro como cebo. Dedicó todo el día a la pesca pero no logró apresar nada, ni siquiera un pez globo venenoso. Desesperado y con un dolor de barriga espantoso, le preguntó a un hombre que paseaba por la playa si sabía de alguien que pudiera prestarle un bote.

—Así podría internarme un poco más en el mar —explicó Fergus—. Donde quizá los peces sean más abundantes.

—No lo conseguirás —replicó el hombre—. La corriente te estrellará contra las rocas.

—A mí no —dijo Fergus.

El hombre lo miró con aire escéptico, a punto de darle la espalda. Fergus no quería romper su promesa, pero todo empezaba a indicar que moriría de hambre a menos que le hablara a alguien de su don.

—Puedo controlar las corrientes —dijo Fergus.

—¡Ja! —se burló el hombre—. Me han contado muchos cuentos a lo largo de mi vida, pero éste los supera todos.

—Si se lo demuestro, ¿me dará algo de comer?

—Claro —asintió el hombre, divertido—. Te obsequiaré con un banquete.

Así que Fergus y el hombre se acercaron a la orilla, donde la marea empezaba a bajar. Fergus resopló, gruñó y apretó los dientes hasta que, haciendo un enorme esfuerzo, consiguió que la marea subiera. El agua, que les llegaba a los tobillos, ascendió al nivel de sus rodillas en cuestión de minutos. El hombre estaba estupefacto y muy emocionado por lo que acababa de presenciar. Llevó a Fergus a su casa y le ofreció un generoso banquete, tal como había prometido.

Invitó a todos sus vecinos, y mientras Fergus comía hasta hartarse su anfitrión contó a los aldeanos cómo el chico había atraído a la marea.

Estaban muy emocionados. Extrañamente emocionados. Casi demasiado emocionados.

Se apiñaron a su alrededor.

—Enséñanos el truco ése de la marea —le gritó una mujer.

—El chico necesita recuperar fuerzas —protestó su anfitrión—. Dejen que coma primero.

El niño que separaba las aguas

Cuando Fergus no fue capaz de tragar ni un bocado más, despegó la vista del plato y miró a su alrededor. Amontonados en las cuatro esquinas de la habitación había cajones y cajas, cada uno estaba lleno a rebosar de distintos objetos: botellas de vino en una caja, especias secas en la otra, rollos de tela en la de más allá. A un lado de la silla de Fergus había un cajón rebosante de martillos y más martillos.

—Perdone, pero ¿para qué quiere tantos martillos? —preguntó Fergus.

—Me dedico al negocio del rescate —explicó el hombre—. Los encontré en la playa una mañana. Los trajo el mar.

—¿Y el vino, los rollos de tela y las especias secas? —quiso saber Fergus.

—También —respondió el otro—. ¡Supongo que tengo suerte!

La respuesta, por alguna razón, les hizo mucha gracia a todos, y se rieron con ganas. Fergus empezaba a sentirse incómodo y, tras agradecerle a su anfitrión la exquisita comida, se dispuso a partir.

—¡Pero no te puedes marchar sin enseñarnos el truco! —protestó uno de los invitados.

—Es tarde. Debe de estar cansado —replicó el anfitrión—. Dejen que el muchacho duerma primero.

Fergus estaba cansado y la oferta de una cama resultaba demasiado tentadora. El hombre lo condujo a una acogedora habitación, y tan pronto como Fergus apoyó la cabeza en la almohada se durmió profundamente.

CUENTOS EXTRAÑOS PARA NIÑOS PECULIARES

En mitad de la noche, despertó de repente y descubrió sobresaltado que había varias personas en su habitación. Se agolparon alrededor de la cama y le arrancaron las mantas.

—¡Ya has dormido bastante! —le dijeron—. ¡Es hora de que nos enseñes el truco!

Fergus comprendió que había cometido un error y que debería saltar por la ventana de la habitación y largarse de allí, o mejor aún, nunca debió haber revelado su don. Pero ya era demasiado tarde para eso. La multitud lo sacó a rastras de la cama y lo empujó hacia la orilla, donde le exigieron que hiciera subir la marea otra vez. A Fergus no le gustaba que lo obligaran a hacer nada, pero cuanto más se negaba, más se enfadaban. No lo dejarían marchar hasta que hiciera lo que le pedían así que, decidido a escaparse a la primera oportunidad, atrajo el mar hacia la playa.

El mar inundó la arena. La gente saltó y aplaudió. Una campana empezó a repicar a lo lejos. El banco de niebla se aclaró y asomaron las luces de un barco, que estaba siendo arrastrado por el raudo cambio de corriente. Cuando Fergus se dio cuenta de lo que estaba pasando, intentó empujar el agua hacia atrás, pero ya era demasiado tarde y observó horrorizado cómo el buque se hacía pedazos contra un cabo de rocas afiladas.

Empezó a amanecer. Las olas arrastraron a la orilla las cajas y los cajones del cargamento del barco, así como los cuerpos de la tripulación ahogada. Los vecinos del pueblo se repartieron las cajas y empezaron a llevárselas. A eso se referían cuando

El niño que separaba las aguas

hablaban de "rescatar": se dedicaban a la rapiña de restos y chatarra, atraían a los barcos hacia las rocas con falsas luces y señales. Eran ladrones y asesinos y habían engañado a Fergus para que les hiciera el trabajo sucio.[1]

Fergus se los quitó de encima e intentó salir corriendo, pero una multitud le cortó el paso.

—¡No irás a ninguna parte! —le advirtieron—. Esta noche pasará otro buque mercante y nos tienes que ayudar a hundirlo también.

—¡Antes muerto! —gritó Fergus, y echó a correr en una dirección que nadie había previsto: hacia el agua. Chapoteó por la orilla, agarró un pedazo de madera del naufragio y empezó a remar. Los rapiñadores intentaron capturarlo, pero Fergus usó su poder para crear una ola que rodó en reversa y lo alejó de la orilla en lugar de acercarlo, así pronto estuvo fuera de su alcance.

—¡Idiota! —le gritaron—. ¡Te ahogarás!

Pero no se ahogó. Fergus se agarró a la plancha con todas sus fuerzas y la ola lo arrastró más allá de las rocas hasta llevarlo a las aguas profundas y frías de alta mar, allá donde navegan los barcos.

---

[1] Existen numerosos relatos acerca de personas malvadas que utilizan luces falsas para confundir y hundir deliberadamente los barcos, pero ésta es la única mención, tanto en la historia como en el folclore, en la que se especifica que el poder de un peculiar se usó con dichos fines.

Esperó, meciéndose con las olas y tiritando de frío durante horas, hasta que un navío apareció en el horizonte. Al verlo creó otra ola para desplazarse hacia él y cuando estuvo lo suficientemente cerca, empezó a gritar. Era un buque tan alto que temió que nadie lo viera, pero al final alguien reparó en su presencia. Le lanzaron una cuerda y Fergus fue levantado hacia la cubierta.

El buque se llamaba *Hannah* e iba cargado de pasajeros que emigraban a América para escapar de la hambruna de Irlanda. Habían vendido todo cuanto poseían para comprar el pasaje y ahora no tenían nada salvo la propia vida y la ropa que llevaban puesta. El capitán era un hombre cruel y codicioso llamado Shaw que, tan pronto como Fergus fue rescatado del mar, quiso volver a echarlo por la borda.[2]

—No aceptamos polizones en este barco —alegó—. Sólo pasajeros que pagaron.

—Pero si yo no soy un polizón —protestó Fergus—. ¡Soy un náufrago!

—Yo decido quién es qué aquí —gruñó el capitán—. Y todo lo que sé es que no has pagado tu boleto.

---

[2] El *Hannah* no pertenece a la ficción. Fue un barco real —y ahora un barco infame— que zarpó del puerto irlandés de Newry el 3 de abril de 1849 comandado por un capitán inexperto llamado Curry Shaw. Con sólo veintitrés años de edad, Shaw pronto fue conocido por su crueldad y era muy despreciado incluso antes de los terribles incidentes que ocurrieron en su navío.

EL NIÑO QUE SEPARABA LAS AGUAS

—¡Trabajaré para pagar el pasaje! —suplicó el muchacho—. ¡Por favor, no me eche de vuelta al mar!

—¡Trabajar! —dijo el capitán riéndose—. Pero si tus brazos parecen espaguetis y tus piernas, patitas de pollo. ¿Qué trabajo vas a hacer tú?

Aun cuando sabía que su habilidad para manipular corrientes y mareas sería de gran ayuda a un capitán de barco, Fergus no había olvidado la lección aprendida en Skelligeen y no dijo nada. En cambio, prometió:

—Trabajaré más que cualquiera de sus hombres y nunca me quejaré, me pida lo que me pida.

—¿Ah, sí? —repuso el capitán—. Ya lo veremos. ¡Que alguien le traiga al chico un cepillo de fregar!

El capitán convirtió a Fergus en su esclavo personal. Cada día lo obligaba a limpiar sus aposentos, a plancharle la ropa, a lustrarle los zapatos y a traerle la comida, y cuando había acabado esas tareas tenía que cepillar las cubiertas y vaciar los cubos de las letrinas, que pesaban horrores y le salpicaban los pies cuando tiraba la porquería por la borda. Fergus trabajaba más que ningún otro miembro de la tripulación pero, fiel a su palabra, jamás se quejaba.

El trabajo no le preocupaba, pero el problema de las raciones, sí. El capitán había aceptado demasiados pasajeros para las provisiones que llevaba y, si bien sus hombres y él comían como reyes, Fergus y los demás pasajeros tenían que subsistir a base de corteza de pan y tazones de caldo que contenían más caca de ratón que carne. E incluso esas raciones casi incomibles escaseaban; por muy deprisa que navegara el *Hannah*, el alimento no alcanzaría hasta el final del viaje.

Empezó a hacer un frío nada propio de la estación. Una mañana se puso a nevar, aunque la primavera estaba a punto de terminar. Uno de los pasajeros observó que el sol no se encontraba donde debería estar si navegaran rumbo al oeste, hacia América; en cambio, todo indicaba que se dirigían al norte.

Un grupo de pasajeros confrontó al capitán.

—¿Dónde estamos? —exigieron saber—. ¿Éste es el camino a América?

—Hemos tomado un atajo —los tranquilizó el capitán—. Llegaremos dentro de nada.

Aquella tarde, Fergus vio icebergs flotando a lo lejos. Empezaba a sospechar que los habían engañado, de modo que por la noche se puso a escuchar detrás de la puerta del capitán mientras fingía que fregaba el pasillo.

—Un par de días más y llegaremos a la isla de Pelt —le decía el capitán a su segundo de a bordo—. Recogeremos la carga de pieles, la entregaremos en Nueva York y duplicaremos nuestras ganancias del viaje.

Fergus estaba furioso. ¡No habían tomado un atajo para llegar antes a América! Se habían desviado adrede, alargando el viaje y provocando que los pasajeros murieran de hambre antes de que arribaran a puerto.

Sin darle tiempo a Fergus de escabullirse, el capitán abrió la puerta. Lo habían descubierto.

EL NIÑO QUE SEPARABA LAS AGUAS

—¡Nos estaba espiando! —exclamó el capitán—. ¿Qué has oído?

—¡Hasta la última palabra! —lo acusó Fergus—. ¡Y cuando les cuente a los pasajeros lo que se proponen, los van a tirar por la borda!

El capitán y su segundo sacaron sus sables. Pero en el instante en que se abalanzaron sobre Fergus, un terrible choque sacudió el barco y todos cayeron al suelo.

El capitán y el segundo a bordo se levantaron y salieron corriendo, sin acordarse de Fergus ni de su amenaza. El *Hannah* había chocado contra un iceberg y se hundía a toda prisa. Había un único bote salvavidas, y antes de que los pasajeros supieran lo que estaba pasando, el capitán Shaw y su cobarde tripulación se apoderaron de él. Madres desesperadas le gritaron al capitán que subiera a bordo a sus hijos, pero los marinos, esgrimiendo pistolas, amenazaban a cualquiera que se aproximase al bote. Cuando el capitán y su tripulación se marcharon en el bote salvavidas, Fergus y los pasajeros se quedaron solos en un barco que se hundía en mitad de un mar helado.[3]

A la luz de la luna que brillaba en lo alto, Fergus vio el iceberg contra el que habían colisionado. No estaba muy lejos y parecía lo bastante ancho y plano como para subirse encima. El buque escoraba peligrosamente pero aún no se había hundido,

---

[3] La historia confirma también ese dato: el 27 de abril, en plena noche, el *Hannah* chocó contra un iceberg, y Shaw huyó junto con su tripulación en el único bote salvavidas.

así que Fergus provocó una corriente que empujó al barco herido hasta el borde del iceberg. Ayudándose mutuamente, los pasajeros saltaron al hielo y el barco se sumergió bajo las olas en el instante en que el último de ellos lo abandonaba. Todos aplaudieron y se felicitaron, pero sus voces se apagaron cuando un viento glacial empezó a soplar. Por lo que parecía, habían cambiado una muerte rápida en las aguas del mar por otra más lenta de hambre y de frío. Pasaron la noche temblando en el hielo, acurrucados unos contra otros para darse calor.

Por la mañana, cuando despertaron, vieron a un oso polar pululando por allí cerca. Estaba escuálido y no tenía buen aspecto. Las personas y el oso se observaron con recelo. Por fin, transcurridas unas horas, el oso se levantó y caminó hasta el borde del iceberg. Parecía que estaba oyendo algo, y cuando Fergus lo siguió, a una distancia prudencial, vio un enorme banco de peces que agitaba las aguas a unos cientos de metros del bloque de hielo. Había miles, más que suficientes para alimentarlos a todos, ¡si acaso pudieran capturarlos!

El oso se zambulló e intentó nadar hacia los peces. Pero estaba demasiado débil para alcanzarlos y pronto trepó de nuevo al iceberg, triste y agotado.

Fergus supo lo que debía hacer, aunque ello significase romper de nuevo su promesa. Levantó los brazos, cerró los puños y creó una corriente para empujar los peces hacia el iceberg. Pronto, montones de pececillos se estrellaron contra el bloque y cayeron sobre el hielo. El oso rugió de la emoción, aspiró varios con la boca, agarró otros tantos con la zarpa y salió corriendo.

El niño que separaba las aguas

Los pasajeros dieron saltos de alegría. Aunque no les encantaba el sabor del pescado crudo, mejor eso que morir de hambre. ¡Fergus los había salvado! Lo levantaron en vilo, corearon su nombre y luego comieron hasta hartarse.

Por desgracia, Fergus no los había salvado del todo. Aunque tenían peces suficientes para varias semanas, aquella tarde la temperatura bajó y estalló una ventisca. Mientras se acurrucaban buscando el calor mutuo, saciados pero muertos de frío, comprendieron que sin mantas no vivirían para ver la luz de un nuevo día. Estaba oscureciendo cuando oyeron un gruñido procedente de las inmediaciones. El oso había regresado.

—¿Qué quieres? —le preguntó Fergus, que se había levantado para encararse con él—. Tienes más pescado del que puedes comer, así que déjanos en paz.

Pero la actitud del oso había cambiado. Ya no parecía tan desesperado y peligroso como antes, cuando se moría de hambre. De hecho, parecía agradecido y daba la impresión de entender que Fergus y los demás se encontraban en apuros.

El oso se acercó con su pesado andar, se tendió junto a ellos y se durmió. La gente intercambió miradas dubitativas. Fergus caminó hacia el oso de puntitas, se sentó y, con sumo cuidado, se recostó contra su cuerpo. El pelaje del oso era increíblemente suave y su cuerpo irradiaba calor. El gesto de Fergus no lo alteró lo más mínimo.

Uno a uno, los náufragos se aproximaron. Los niños y los ancianos se acurrucaron contra el oso, las mujeres alrededor de ellos y los hombres en el anillo exterior. Milagrosamente, aunque unos estaban más calentitos que otros, todo el mundo sobrevivió a la noche.

Al día siguiente, mientras el oso y las personas comían pescado, otro iceberg pasó flotando. Había tres osos polares ahí y cuando el oso que estaba con la gente los vio, se puso a dos patas y rugió.

—¡Eh, compañeros! —parecía decir—. Aquí hay un chico que nos puede conseguir todo el pescado que queramos. ¡Vengan!

Los tres osos polares saltaron al agua y se acercaron nadando.

—¡Vaya, qué bien! —exclamó un hombre—. Ahora hay tres osos polares en nuestro iceberg.

—No te preocupes —le dijo Fergus—. Hay pescado suficiente para todos. No nos molestarán.

Los animales pasaron el día dándose un banquete a base de pescado y cuando cayó la noche todos durmieron amontonados, las personas se acurrucaron a su alrededor. Aquella noche todo el mundo durmió abrigado: hombres, mujeres y niños.

Al otro día aparecieron tres osos polares más en un nuevo iceberg a la deriva y al siguiente acudieron otros cuatro. La gente empezó a ponerse nerviosa.

—Once osos son demasiados —le dijo una mujer a Fergus—. ¿Qué pasará cuando se queden sin pescado?

—Pescaré más —respondió Fergus.

Pasó ese día y el siguiente observando el mar, por si aparecía otro banco de peces, pero no vio ninguno. Las reservas de

EL NIÑO QUE SEPARABA LAS AGUAS

pescado estaban prácticamente agotadas. Ahora incluso Fergus empezaba a preocuparse.

—Deberíamos haber matado al oso cuando sólo había uno —gruñó un anciano—. En vez de eso, ese chico peculiar nos ha traído diez más... ¡y vean en qué problema nos ha metido!

Fergus notaba que la gente empezaba a mirarlo mal. Se preguntó qué pasaría cuando se agotara el pescado. ¡Quizá alimentarían a los osos con él! Esa noche todos se amontonaron en su peludo y saciado lecho, pero al día siguiente, al despertar, las personas descubrieron que los once osos polares los observaban hambrientos tras haber agotado hasta el último de los pescaditos que quedaban en el bloque de hielo.

Fergus corrió al borde del iceberg y oteó el mar con desesperación. Lo que vio hizo brincar de alegría a su corazón, aunque no se trataba de un banco de peces. ¡Acababa de avistar tierra! A lo lejos se divisaba una isla cubierta por la nieve. Aún mejor, un hilo de humo se elevaba desde la superficie, señal de que estaba habitada. Allí había gente y comida. Olvidando el peligro de los osos por un momento, Fergus echó a correr para contarles a los demás la noticia.

Nadie compartió su alegría.

—¿De qué nos sirve una isla si los osos nos devoran antes de llegar? —señaló un hombre. En ese momento, un oso se le acercó, lo agarró por una pierna y lo sacudió como si esperara que le cayera un pescado del bolsillo. El hombre gritó, pero antes de que el frustrado oso le diera una mordida, sonó un disparo.

Todo el mundo se volvió a mirar al hombre vestido con pieles blancas y armado con un rifle. Él disparó una segunda vez por encima de la cabeza del oso, que soltó al hombre suspendido y huyó. Los demás animales escaparon también.

El hombre de las pieles los había divisado desde la isla a través de un catalejo, explicó, y había acudido en su rescate. Les indicó con gestos que lo siguieran y los condujo a un socavón oculto en el iceberg donde aguardaba una flotilla de botes pequeños pero resistentes. Todos lloraron de gratitud cuando los ayudaron a subir a las barcas y empezaron a remar hacia la seguridad de la isla.

Fergus también estaba agradecido, pero mientras cruzaban las aguas lo invadió el temor de que alguien le hablara al rescatador de su don. Ya le preocupaba bastante que tanta gente estuviera al corriente de su capacidad. Pero nadie dijo ni una palabra sobre él —o a él—. De hecho, casi nadie lo miraba a los ojos, y aquellos que sí lo hacían le ponían mala cara, como si le echaran la culpa de todas sus desgracias.

Su madre tenía razón, pensó Fergus con amargura. Compartir su secreto con los demás sólo le había servido para meterse en líos. Hacía que las personas lo vieran como un objeto, una herramienta que podían usar a su antojo y tirar cuando ya no la necesitaban y él decidió que nunca jamás volvería a revelarle a nadie su talento, pasara lo que pasase.

Los botes atracaron en un pequeño puerto rodeado de cabañas de troncos. Salía humo de las chimeneas y el aroma de los guisos impregnaba el aire. El sueño de una comida caliente delante de un buen fuego estaba a un paso de hacerse realidad. El hombre de las pieles amarró el bote y saltó al muelle.

—Bienvenidos a la isla de Pelt —dijo.

Presa de un repentino escalofrío, Fergus comprendió que ya había oído ese nombre: se trataba de la isla de los comerciantes de pieles a la que intentaba llegar el capitán Shaw cuando habían chocado con el iceberg. Antes de que asimilara las consecuencias de este descubrimiento, vio algo en el muelle que lo horrorizó aún más: un maltrecho bote salvavidas con la palabra *Hannah* escrita en un costado.

Después de todo, el capitán y sus hombres habían alcanzado la isla. Estaban allí.

Instantes después, alguien más se fijó en el bote. La voz corrió rápidamente entre la multitud, y pronto una masa de gente enfadada exigía saber dónde se encontraban el capitán Shaw y su tripulación.

—¡Nos abandonaron a nuestra suerte! —gritó una mujer.

—¡Nos amenazaron con pistolas cuando intentamos salvar a nuestros hijos! —chilló un hombre.

—¡Nos obligaron a comer sopa de caca de ratón! —dijo un chico delgadito.

El hombre envuelto en pieles intentó tranquilizarlos, pero la gente quería venganza. Le arrebataron el rifle, se internaron en el pueblo como un huracán y encontraron al capitán Shaw y a sus hombres en la taberna, borrachos hasta los zapatos.

Estalló una cruenta pelea. Los pasajeros atacaban al capitán y a su tripulación con lo primero que encontraban: piedras, pedazos de muebles, incluso troncos ardiendo extraídos de la fogata. Los marineros los superaban en armas, pero los otros los superaban en número y, finalmente, vencidos y diezmados, el capitán y su tripulación huyeron a las montañas nevadas que se erguían más allá del pueblo.

Los pasajeros habían ganado. Varios habían perdido la vida en la batalla, pero el malvado capitán Shaw había pagado por sus fechorías y, por si fuera poco, estaban en tierra firme y en la civilización. Tenían mucho que celebrar... pero sus gritos de alegría fueron pronto interrumpidos por gritos de socorro.

Había empezado un incendio.

El hombre de las pieles llegó corriendo.

—¡Idiotas, han incendiaron el pueblo! —les gritó a los pasajeros.

—Bueno, pues apáguenlo —replicó un agotado contendiente.

—¡No podemos! —alegó el otro—. Lo que está ardiendo es la estación de bomberos.

Los náufragos colaboraron en la extinción del incendio con cubetas de agua de mar que traían desde el puerto, pero no había baldes suficientes y las llamas se propagaban a toda velocidad. Desesperada, la multitud miró a Fergus.

—¿No puedes hacer algo para arreglarlo? —le suplicaron.

Fergus intentó negarse. Se había prometido a sí mismo que no habría una próxima vez. Pero cuando las súplicas mudaron en amenazas, Fergus se encontró entre la espada y la pared.

EL NIÑO QUE SEPARABA LAS AGUAS

—Muy bien —accedió enfadado—. Apártense.

Cuando todo el mundo estuvo a salvo en una zona elevada, Fergus recurrió a todo su poder y fuerza de voluntad para atraer una ola gigante del mar. La ola se estrelló contra el pueblo y apagó el incendio por completo, pero mientras la inmensa corriente retrocedía, arrancó las casas de sus cimientos y se las llevó consigo. La multitud observó horrorizada cómo todo el pueblo era arrastrado hacia el mar.

Fergus echó a correr a toda velocidad. La multitud, furiosa, lo persiguió por las calles y luego montaña arriba, donde el muchacho logró esquivarlos por fin ocultándose en un banco de nieve. Cuando sus perseguidores se alejaron, él salió de su escondite, congelado, y a tropezones se internó en tierra salvaje.

Al cabo de unas horas se topó con unos hombres en el bosque. Eran el capitán y su segundo de a bordo. El capitán estaba sentado contra la base de un árbol, su camisa estaba empapada de sangre. Se estaba muriendo.

Shaw se echó a reír cuando vio llegar a Fergus.

—Así que también se han puesto en tu contra, ¿eh? Eso nos convierte en camaradas, supongo.

—De eso nada —replicó Fergus—. Yo no soy como tú. Tú eres un monstruo.

—Sólo soy un hombre —dijo el capitán—. Es a ti a quien consideran un monstruo. Y lo que de verdad importa es lo que piensen los demás.

—¡Pero si yo sólo intentaba ayudarlos! —objetó Fergus.

Sin embargo, mientras lo decía, se preguntó si era cierto. Los desagradecidos pasajeros lo habían amenazado hasta obligarlo a atraer una ola para apagar el incendio. ¿Habría creado una ola más grande de lo necesario a causa de su enfado? ¿Acaso una parte de él, pequeña y oscura, había destruido adrede el pueblo?

Quizá él sí era un monstruo.

Decidió que la única solución era buscar una vida de soledad permanente. Fergus abandonó al moribundo capitán y recorrió las montañas en dirección al poblado. La tarde cedía el paso a la noche y caminó a hurtadillas por las calles en ruinas sin que nadie lo viera. Buscó un bote por los muelles que estuviera en condiciones de navegar, pero la ola había roto las amarras y desperdigado los botes por el mar.

Se zambulló y nadó hacia algo que, en la oscuridad, parecía un barco volcado, pero que resultó ser una de las casas del pueblo flotando de lado. Se coló por la puerta principal, creó una ola para enderezar la casa y la internó aún más en el océano, rumbo al sur.

Durante días siguió empujando la casa en esa misma dirección, alimentándose entretanto de los peces que caían por la puerta principal. Al cabo de una semana dejó de otear icebergs. Al cabo de dos el ambiente se caldeó. Al cabo de tres la escarcha desapareció de las ventanas, la mar se calmó y una brisa tropical empezó a colarse por las ventanas.

La casa conservaba buena parte de los muebles. Durante el día, Fergus se sentaba a leer en la mecedora. Cuando le apetecía tomar el sol, salía por la ventana y se tumbaba en el tejado. Por la noche se metía en la cama y dejaba que el suave vaivén de las olas lo adormeciera. Viajó durante semanas, feliz y entusiasmado con aquella nueva vida en soledad.

Hasta que un día oteó un velero en el horizonte. No sentía el menor interés en conocer a nadie; de ahí que intentara desviarse. Pero el barco se dirigió hacia él, las velas ondeaban, y lo alcanzó en un abrir y cerrar de ojos.

Se trataba de una magnífica goleta de tres mástiles, que se erguía imponente sobre su casa. Alguien le arrojó una escalerilla de cuerda por un costado del casco. Por lo que parecía, el velero no tenía la menor intención de dejarlo en paz y Fergus discurrió que la mejor estrategia sería subir a bordo, decir que no precisaba ser rescatado y pedirles que siguieran su camino. Sin embargo, cuando llegó a lo alto de la escalerilla y saltó a la cubierta, descubrió sorprendido que el velero estaba desierto salvo por una persona: una chica más o menos de su edad. Tenía el cabello negro, la piel oscura y miraba a Fergus con dureza.

—¿Qué haces en una casa en mitad del mar? —le preguntó.

—Escapar de una isla del norte glacial —repuso Fergus.

—¿Cómo conseguiste que la casa flotara? —siguió preguntando ella con desconfianza—. ¿Y cómo has llegado hasta aquí sin velas?

—He tenido suerte, supongo —respondió Fergus.

—Eso es ridículo —resopló la chica—. Dime la verdad.

—Lo siento —se disculpó Fergus—, pero mi madre me dijo que nunca hablara de ello.

La joven lo miró con los ojos entornados, como sopesando si tirarlo por la borda o no hacerlo.

Fergus rehuyó sus ojos y miró nervioso más allá de la chica.

—¿Dónde está el capitán? —preguntó.

—Lo tienes delante —le espetó ella.

—Ah —dijo Fergus, incapaz de disimular la sorpresa—. Bueno, ¿y dónde está tu tripulación?

—La tienes delante —repitió la joven.

Fergus no lo podía creer.

—Me estás diciendo que navegaste en este barco enorme desde...

—Cabo Verde —apuntó ella.

—...todo el camino desde Cabo Verde... ¿sola?

—Sí, eso hice —respondió la chica.

—¿Cómo?

—Lo siento —le soltó la joven—, pero mi madre me dijo que nunca hablara de ello —le dio la espalda a Fergus, alzó los brazos y al momento se levantó un fuerte viento que hinchó las velas.

La chica estaba sonriendo cuando se volvió a mirarlo otra vez.

—Me llamo Cesaria —dijo, y le tendió la mano.

Fergus estaba estupefacto. Nunca había conocido a nadie semejante a él.

—E... encantado de conocerte —balbuceó, y le estrechó la mano—. Yo soy Fergus.

—¡Eh, Fergus, tu casa se aleja a la deriva!

El niño que separaba las aguas

Fergus se giró a toda prisa y vio su casa flotando a lo lejos. Al momento, una ola bastante grande la alcanzó y la volcó, y la casa empezó a hundirse.

A Fergus no le importó. Acababa de decidir que ya no la necesitaba. De hecho, puede que fuese el propio Fergus quien creó la ola que hundió la cabaña.

—Bueno, supongo que estoy atrapado aquí —dijo y se encogió de hombros.

—A mí me parece bien —dijo Cesaria, y sonrió.

—Perfecto —añadió Fergus, y sonrió a su vez.

Y los dos niños peculiares siguieron sonriendo durante un buen rato, porque sabían que por fin habían encontrado a alguien con quien compartir sus secretos.

El cuento de Cuthbert

ace mucho tiempo, en una época peculiar, toda clase de animales habitaban el corazón de un gran bosque antiguo. Había conejos, ciervos y zorros, igual que en todos los bosques, pero también había otras bestias menos conocidas, como grimosos zancudos, linces bicéfalos y emurafas parlantes. Estos animales peculiares constituían los blancos favoritos de los cazadores, que disfrutaban disparándoles, colgándolos en la pared y presumiéndolos a sus compañeros de cacería, pero que disfrutaban aún más vendiéndoselos a los propietarios de los zoológicos, que los encerraban en jaulas y cobraban dinero por verlos. Bueno, tal vez ahora mismo estás pensando que vivir enjaulado no puede ser peor que recibir un disparo y acabar decorando una pared, pero resulta que los animales peculiares sólo son felices si pueden correr en libertad; si los enjaulan, al cabo de poco tiempo sus espíritus languidecen y empiezan a envidiar a sus amigos convertidos en trofeos.

Sucedió en una época en que los gigantes todavía poblaban la Tierra, igual que en la remota era de Aldinn, aunque en los

CUENTOS EXTRAÑOS PARA NIÑOS PECULIARES

tiempos de los que hablamos quedaban pocos y su población disminuía progresivamente.[1] Y sucedió que uno de aquellos gigantes vivía cerca del bosque. Era muy amable, nunca levantaba la voz y se alimentaba exclusivamente de plantas. Se llamaba Cuthbert. Cierto día, Cuthbert entró en el bosque para recolectar bayas y vio a un cazador persiguiendo a una emurafa. Siendo amable como era, Cuthbert agarró al animalito por el pescuezo e, irguiéndose cuanto pudo para ponerse de puntitas, algo que rara vez hacía porque sus viejos huesos crujían, alargó el brazo y la dejó en la cima de una montaña, a salvo del peligro. Luego, como medida preventiva, aplastó al cazador con la punta del pie.

Corrió la voz por el bosque de que allí vivía un gigante sumamente amable y pronto empezaron a llegar animales peculiares de todos los rincones para pedirle que los depositara en lo alto de la montaña, lejos del peligro. Y Cuthbert les decía:

—Yo los protegeré, hermanitas y hermanitos. Lo único que les pido a cambio es que charlen conmigo y me hagan compañía. No quedan muchos gigantes en el mundo, y de vez en cuando me siento solo.

Y ellos respondían:

—Lo haremos, Cuthbert, lo haremos.

---

[1] Eso no significa que los gigantes hubieran desaparecido del todo; simplemente dejaron de caminar sobre la Tierra. Lean el cuento "Cocobolo" para saber qué fue de ellos.

El cuento de Cuthbert

Así que todos los días Cuthbert rescataba más y más animales peculiares. Los agarraba del pescuezo y los depositaba uno a uno en la cima de la montaña, hasta que la cresta empezó a parecerse a una casa de fieras. Los animales no cabían en sí de alegría, porque al fin podían vivir en paz, y Cuthbert también estaba encantado porque si se ponía de puntitas y apoyaba la barbilla en la cima de la montaña, podía charlar con sus nuevos amigos tanto como quisiera.

Una mañana, una bruja visitó a Cuthbert. El gigante se estaba bañando en un pequeño lago, a la sombra de la montaña, cuando la bruja le anunció:

—Lo siento muchísimo, pero tengo que convertirte en piedra.

—¿Y por qué? —se extrañó el gigante—. Soy muy amable. Un gigante solidario.

Y ella replicó:

—Es que me contrató la familia del cazador que aplastaste.

—Ah —repuso el gigante—. Olvídate de él.

—Lo siento muchísimo —repitió la bruja y, agitando una rama de abedul en sus narices, convirtió al pobre Cuthbert en piedra.

De repente Cuthbert se tornó muy pesado, tan pesado que empezó a hundirse en el lago. Se hundió y se hundió y no dejó de hundirse hasta que el agua le llegó al cuello. Sus amigos animales veían lo que estaba pasando y aunque lo lamentaron mucho, decidieron que no podían hacer nada para ayudarlo.

Cuentos extraños para niños peculiares

—¡Ya sé que no pueden rescatarme —gritó Cuthbert a sus amigos—, pero al menos vengan a charlar conmigo! ¡No puedo moverme de aquí y me siento muy solo!

—¡Pero si bajamos, los cazadores nos dispararán! —vociferaron los animales.

Cuthbert sabía que tenían razón, pero de todos modos siguió suplicando.

—¡Háblanme! —chilló—. ¡Por favor vengan a hablar conmigo!

Los animales intentaron cantar y hablar a gritos con el pobre Cuthbert desde lo alto del precipicio, pero estaban demasiado lejos y sus voces eran tan bajas que ni siquiera los gigantescos oídos de Cuthbert distinguían algo que no fuera el rumor del viento entre las hojas.

—¡Háblenme! —suplicaba—. ¡Vengan a hablar conmigo!

Nunca lo hicieron. Y el gigante seguía gritando cuando su garganta se convirtió en piedra igual que el resto de su cuerpo.

Nota del editor:

Oficialmente, el cuento termina aquí. Sin embargo, el final es tan terriblemente triste, tan falto de moraleja y posee tal fama de provocar lágrimas en la audiencia que los narradores han adoptado la tradición de improvisar conclusiones nuevas y menos dramáticas. Yo me he tomado la libertad de incluir la mía a continuación.

M. N.

El cuento de Cuthbert

Los animales intentaron cantar y hablar a gritos con el pobre Cuthbert desde lo alto del precipicio, pero sus vocecillas sonaban tan lejos que ni siquiera los gigantescos oídos de Cuthbert distinguían algo que no fuera el rumor del viento entre las hojas.

—¡Háblenme! —suplicaba—. ¡Vengan a hablar conmigo!

Al cabo de un rato, el remordimiento empezó a apoderarse de los animales, sobre todo de la emurafa.

—¡Por el amor de Dios! —se exasperó—. Sólo quiere un poco de compañía. ¿Acaso es mucho pedir?

—Yo me inclino a pensar que sí —replicó el grimoso—. Andar por ahí abajo es peligroso, y ahora que Cuthbert se ha convertido en piedra, ¿quién nos devolverá a la seguridad de la cima?

—No hay nada que podamos hacer por él —dijo el lince bicéfalo—. A menos que sepas cómo romper la maldición de una bruja.

—Pues claro que no lo sé —se impacientó la emurafa—, pero eso no importa. Todos moriremos un día y puede que hoy le haya tocado a Cuthbert. Pero no podemos dejarlo morir a solas. No podría vivir con ese peso.

El sentimiento de culpa acabó por pesar más que sus temores, y pronto todos apoyaron a la emurafa, pese a los peligros a los que se exponían ahí abajo. Siguiendo las instrucciones de su amiga, unieron manos con tobillos para crear una escalera con sus cuerpos y descendieron del precipicio. Ya pensarían en su momento cómo recuperar la seguridad de la montaña.

CUENTOS EXTRAÑOS PARA NIÑOS PECULIARES

Corrieron hacia Cuthbert y lo consolaron, y el gigante lloró de gratitud aun cuando se estaba convirtiendo en piedra.

Mientras hablaban con él, su voz se fue tornando más y más baja. Sus labios y su garganta se fueron petrificando hasta que ya casi no pudo moverlos. Al final, se quedó tan callado que los animales se preguntaron si habría muerto. La emurafa apoyó la cabeza contra el pecho de Cuthbert.

Al cabo de un momento, dijo:

—Aún oigo el latido de su corazón.

El pájaro chochín que mudaba en mujer se posó en el borde de su oreja y le preguntó:

—Amigo, ¿puedes oírnos?

Y de la pétrea garganta, más débil que un soplo de brisa, surgió:

—Sí, amigos.

Los animales estallaron en gritos de alegría. Cuthbert seguía vivo dentro de su piel de piedra, y así continuó. La bruja le había lanzado una maldición potente, pero no tanto como para petrificarlo por completo. Los animales se ocuparon de cuidarlo, como él hiciera una vez: le hacían compañía, le traían alimento, se lo vertían por la boca abierta y le hablaban durante todo el día. (Las respuestas de Cuthbert escaseaban cada vez más, pero sabían que seguía vivo por los latidos de su corazón.) Y si bien los animales sin alas no tenían modo de alcanzar la cumbre de la montaña, Cuthbert los mantenía sanos y salvos de otra manera. Por la noche dormían dentro de su boca y, si alguna vez se acercaba un cazador, bajaban por su garganta y

El cuento de Cuthbert

lanzaban aullidos que aterraban a los humanos. Cuthbert se convirtió en su hogar y en su refugio, y jamás había sido tan feliz pese a no poder mover un solo músculo de su cuerpo.

Muchos años después, el corazón de Cuthbert dejó de latir. El gigante murió en paz, rodeado de sus amigos y satisfecho. La señorita Chochín, que había madurado hasta convertirse en ymbryne, comprendió que empezaban a ser demasiado numerosos como para seguir viviendo en el interior del gigante de piedra, así que se llevó a todos los animales peculiares a un bucle temporal que había hecho en lo alto del precipicio.[2] Ella colocó la entrada del bucle en el interior de Cuthbert. De ese modo nunca lo olvidarían, y cada vez que entraran o salieran podrían saludar a su viejo amigo. Y siempre que ella o alguno de los animales cruzaba el cuerpo del gigante, le propinaban una palmadita en el hombro y le decían: "Hola, amigo". Y si se detenían a escuchar con suma atención, y si el viento soplaba en la buena dirección, algo muy parecido a un "hola" surgía de su boca.

---

[2] Llegaron a lo alto del precipicio mediante un ingenioso sistema de cuerdas y poleas que proyectó la propia señorita Chochín.

MILLARD NULLINGS es un destacado filólogo, renombrado erudito y antiguo pupilo del Hogar de Miss Peregrine para Niños Peculiares. Mientras residía ahí, obtuvo más de veinte títulos por correspondencia, redactó la historia más detallada del mundo sobre un día en la vida de una pequeña isla y contribuyó a derrotar a un par de monstruos horripilantes. Sufre alergia a la caspa de grimoso y a la mantequilla de almendras. Es invisible a simple vista.

Esta obra se terminó de imprimir
en el mes de mayo de 2025,
en los talleres de Diversidad Gráfica S.A. de C.V.
Ciudad de México